KB071173

너를 기억하는 이름

너를 기억하는 이름

박현주 지음

책만드는집

프롤로그

 기억이란 사랑보다 슬프다고 했던가요?
그래서 불쑥 떠오른 그 사람 생각에 눈물짓고,
문득 스친 그때의 추억 때문에 넋이 나간 얼굴을 하나 봅니다.

한때 드라마 속 주인공처럼 기억상실증에라도 걸렸으면..
바란 적이 있었습니다. 이별이란 걸 하고 난 후,
눈치 없이 머릿속을 차지하고 떠날 생각을 하지 않는
그 '기억'이 괴로워서
차라리 모든 걸 기억할 수 없다면 얼마나 좋을까..
그런 생각을 한 적이 있었습니다.
드라마 속에선 흔하게도 등장하는 기억상실증....
"꽝"하는 충격으로 마치 회로가 끊기듯 과거 기억이 백지처럼 지워지고,
또 한 번의 충격으로 끊겼던 회로가 이어져 기억이 되살아나는 일....
나에게 그런 일이 일어나길 바라던 적이 있었습니다.

그러나 그런 생각을 하면 할수록

기억이란 것은 참 질기게도 나를 끌어안았습니다.

우리가 처음 만났던 날 그 사람이 입었던 옷,

 내게 처음으로 건넸던 인사 한마디, 손잡던 날의 느낌,

그 사람의 향수, 날 바라보며 웃어주던 그 얼굴,

함께 본 영화, 같이 걸었던 산책 길, 두근두근 떨렸던 첫 입맞춤,

그리고 헤어지던 날 마지막으로 차 안에서 함께 들었던 노래까지....

한 발만 헛디디면 떨어질 것 같은 낭떠러지에서

나뭇가지를 붙잡고 아슬아슬하게 매달려 있는 사람처럼,

기억의 가지 하나를 놓지 못하고 그것에 의지하며 살았습니다.

누구나 다 그럴 거라고 생각했습니다.

그 사람을 떠올리면 한몸처럼 떠오르는

기억이 있을 거라고 생각했습니다.

그 기억을 소중하게 담아내고 싶었습니다.

누구에게나 있지만, 누구나 갖고 있지는 않은....

아무에게나 있지만, 아무나 갖고 있지는 않은....

당신의 사랑만이 갖고 있는 특별한 기억을 담아내고 싶었습니다.

많은 것을 바라지도 않습니다.

그저 이 한 권의 책으로 인해

당신이 당신의 '그'와 '그녀'를 떠올릴 때,

어둡고 날카로운 모서리를 찾아 눈물짓기보다

맑은 햇살 아래서 행복한 추억 더듬기를 할 수 있었으면 좋겠습니다.

사랑의 또 다른 이름, 그 기억이란 이름을 속으로 삼켜

스스로 상처 내지 말고 뱉어내기를 바랍니다.

마지막으로, 『너를 기억하는 이름』에 각별한 애정을 쏟아준

'밤을 잊은 그대에게'의 DJ 손미나 아나운서,

김연근 차장님, 전순아 PD, 송경석 작가,

멋진 추천 글로 감동을 준 스윗소로우의

인호진, 송우진, 김영우, 성진환,

그리고 아침마다 행복한 하루를 열어주는

김창완 아저씨, 이진규 부장님,

아침창 미녀 작가 영순이와 정현이에게도 고마움을 전합니다.

2006년 초겨울 박현주

차례

엄마에게 보내는 편지

나는 아직도 너의 이름을 지우지 못했다

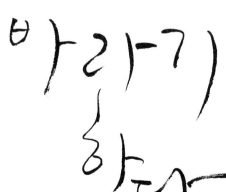

나는 너를

한참을 헤매다 또다시 멈춰 선 곳.
빨간 구두가 보이는 쇼윈도 앞.
나는 매일 밤 이곳에 온다.
너를 잊지 못하고 같은 곳을 맴도는 나,
그 쓸쓸한 내 옆 자리를 채워줄 사람은 아직.. 너뿐인가 보다.

해바라기 한다

빨간 구두

한참을 걷다 보니 어느새 그곳이었어.

빨간 구두가 예쁘게 진열된 구두 가게..

너와 자주 걷던 그 동네, 그 길가를 지날 때면

언제나 눈에 띄던 그 구두....

내가 걸음을 멈추고 그 앞에 서서 "예쁘다~ 예쁘다~"

재잘재잘 앵무새처럼 같은 말을 되뇌면 네가 그랬지.

"사줄까?"

그럼 난 이렇게 말했어.

"아니.. 사랑하는 사람끼리 신발을 선물하면 헤어진다잖아.

너 나랑 헤어지고 싶어?"

그런데 그 말이 너를 자극했는지, 네가 그랬어.

그런 건 다 미신이라고,

말도 안 되는 걸 믿고 있는 내가 바보 같다고.

그러면서 그 징크스를 우리가 깨버리자고 말하는 너의 입술은

파르르 떨리기까지 했던 걸 난 기억해.

그리고 바로 며칠 후 내 생일날,

시계가 12시를 가리킴과 동시에 울렸던 휴대전화.

창문을 열어보니 집 앞에 네가 와 있었지.

내가 그토록 갖고 싶어하던 그 빨간 구두를

두 손 위에 올려놓은 채 말이야.

그런데 그게 우리의 부질없는 오기였던 걸까?

그토록 예쁘고 동화 같았던 프러포즈가

지금은 세상에서 가장 슬픈 이별의 시작이 돼버렸으니까.

역시 사랑은.. 오기로 되는 게 아니었던 거야.

한참을 헤매다 또다시 멈춰 선 곳,

빨간 구두가 보이는 쇼윈도 앞.

나는 매일 밤 이곳에 온다.

너를 잊지 못하고 같은 곳을 맴도는 나,

그 쓸쓸한 내 옆 자리를 채워줄 **사람**은 아직.. 너뿐인가 보다.

240번 좌석 버스, 그 맨 뒷자리

방금 버스 하나가 내 앞을 스쳐 지나갔어.

순간 너의 얼굴이 오버랩되면서 그때가 생각났지.

우리가 집에 갈 때 늘 함께 탔던 240번 좌석 버스....

종점에서 출발하는 그 버스를 타고

온종일 시내를 돌아다녔던 생각도 나고,

버스가 덜컹거릴 때마다 내 손을 꽉 잡아주며 웃던

네 얼굴도 생각이 났어.

우리의 지정석이었던 그 좌석 버스의 맨 뒷자리에

지금은 어떤 사람들이 다정하게 앉아 있을까?

그 사람들도 우리처럼 서로를 영원히 사랑하겠다고 맹세하며

미래를 약속하고 있겠지?

어쩌면 바로 내일이 이별하는 날이 될지도 모르는데 말이야.

나도 그땐 몰랐으니까..

사이좋게 이어폰을 한쪽씩 나눠 끼고 앉아서 음악을 듣다가

어느새 졸음이 몰려오면

살며시 내 어깨에 기대어 오던 널 사랑하던 그땐 몰랐으니까....

우리가 영원히 사랑할 수 있을 줄만 알았지.

그래, 사랑은 함부로 맹세하는 게 아니었어.
어떤 드라마에서 나왔던 대사처럼
사랑은 안 변해도 사람 마음은 변할 수 있는 거니까.
그러니까 건방지게 사랑 앞에
'영원히'란 말을 붙이면 안 되는 거였어.

240번 좌석 버스, 그 맨 뒷자리를 나는 기억한다.
우리의 행복한 추억이 그대로 남아 있는 그 자리.
그러나 이제.. 그 자리의 주인은 너와 내가 아니다.

한 편의 **연극**으로

오늘 대학로에 갔었어.

추적추적 내리는 비 때문에 일도 손에 안 잡히고

잠깐 딴생각을 하고 있는데 친구가 전화를 했더라고.

연극이나 보러 가자고.

어차피 이대로 집에 가면 혼자

청승이나 떨 것 같아서 그러자고 했어.

너와 헤어진 후로 한 번도 가지 않았던 대학로,

6개월 만에 처음이었어. 여전하더라.

각종 공연 포스터가 벽이며 바닥이며 가리지 않고 붙어 있고,

목청껏 공연을 홍보하는 사람들에,

없는 거 빼놓고 다 있는 먹거리까지….

그래서 일부러 그쪽으로 가봤어. 갑자기 궁금해진 사람이 있어서.

기억나? 너랑 나랑 우리의 사랑을 확인하려고

손을 꼭 붙잡고 들어갔던 곳,

그곳에서 만난 돋보기 안경을 쓴 머리 희끗한 할아버지가

우릴 보자마자 고개를 절레절레 흔드셨던 거.

너와 나는 헤어질 운명이라고, 억지로 인연을 이어간다고 해도

나중엔 헤어지게 되어 있다고 해서 네가 화내고 나왔었잖아.

그런데 결국 우린.. 그 할아버지 말대로 돼버렸지....

너 혹시.. 그때 이미 우리가 헤어질 걸 예감하고 있었니?

그래서 그렇게 화냈던 거야?

난 오늘 그게 너무 궁금해서 혼자 생각하다가

결국 친구와의 약속도 잊고 혼자 대학로를 걸어

그대로 골목까지 가버렸어.

네 방 작은 창문이 보이는 그 골목까지....

C ★ 나는 너와 나의 사랑을 한 편의 연극으로 기억한다.

무대 위에는 너와 내가 있고, 관객은 없다.

나에겐 네가 관객이고 너에겐 내가 관객이다.

결말은 아무도 모른다.

너의 등에 업혀서

미안하다.. 미안해....

또 참지 못하고 너에게 전화해서 정말 미안해.

참으려고 했는데..

정말 이번만큼은 절대로 널 찾지 않으려고 했는데....

나도 모르게 또 버튼을 눌러버렸어.

이럴 줄 알았으면 마지막 한 잔은 마시지 말걸.

친구들이 술의 힘을 빌려서라도

널 잊으라고 자꾸 술을 권하는데,

그게 오히려 너를 더 생각나게 할 줄은 몰랐던 거야.

결국 몸을 가누지 못하는 상태로 한 선배의 등에 업혔어.

그런데 그 순간 거짓말처럼 네 얼굴이 정확하게 떠오르더라.

가끔씩 네가 나 업어줬잖아.

하루 종일 서서 일하느라 힘들었겠다고

버스 정류장에서 우리 집까지 업어줬었지.

그때 네 등이 얼마나 따뜻했는지 아니?

솔직히 네가 나 무겁다고 놀릴까 봐 업히지 않으려고 했는데

넌 억지로 날 업고서는 그랬어.

"오늘 하루 종일 굶었어? 왜 이렇게 가벼워?

보약 좀 먹어야겠다."

난 알아. 내가 창피해할까 봐 괜히 그런 거.

넌 그렇게 늘.. 내 생각을 먼저 해주는 사람이었으니까.

♥ ♥ ♥ ♥ ♥

세상에서 가장 따뜻했던 너를 나는 잊지 못한다.

바다보다 넓고 엄마 품만큼이나 따뜻했던 너의 등에 업혀서

쿵쾅대는 내 심장 소리를 들킬까 봐

숨도 쉬지 못했던 그날을.. 나는 잊지 못한다.

4728 네 숫자

오늘처럼 날씨가 좋은 날이면

넌 늘 들뜬 목소리로 전화를 해서는 나한테 그랬어.

강의 하루 빠지고 놀러 가자고..

하지만 그럴 때마다 난 한마디로 거절했었지.

그런데 지금은 후회가 돼.

그때 네가 소풍 가자고 했을 때 한 번쯤은 같이 가줄걸....

네가 아니라고, 그냥 한번 해본 소리라고 전화를 끊었을 때,

바로 너에게 달려갔어야 했는데.. 후회가 돼.

그래서 오늘은 내가 너에게 먼저 전화를 할 뻔했어.

지나가는 택시 번호판을 우연히 봤는데, 그 네 자리 숫자가

네 휴대전화 끝자리 번호랑 똑같았거든. 4728....

그런데 이젠 그 번호를 보는 게 너무 힘들고 아프다.

네가 내 옆에 있을 땐 당연히 외우고 있어야 했던 번호고,

카드와 통장, 모든 인터넷 사이트 비밀번호는 당연히 그 번호였는데

이젠 어떻게든 기억에서 지워버려야 한다는 게

나에겐 아직 쉽지 않은 일이야.

내 머리와 가슴, 뼛속까지 스며 있는 너에 대한 기억을

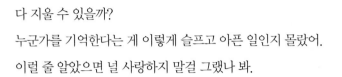

다 지울 수 있을까?

누군가를 기억한다는 게 이렇게 슬프고 아픈 일인지 몰랐어.

이럴 줄 알았으면 널 사랑하지 말걸 그랬나 봐.

단지 숫자에 불과할 뿐인데 4, 7, 2, 8, 이 네 숫자를
나란히 놓고 보면 어느덧 네가 떠오른다.
그리고 계속 머릿속을 어지럽게 돌아다닌다.
손으로 잡으려고 하면 손가락 사이로 빠져나가 버리는 널..
난 잡을 수도 없다.

23

너무 파랗고 슬픈 하늘

당신 덕분에 한동안 행복한 착각에 빠져 살았어요.

오늘로써 혼자만의 오해였다는 걸 알았지만....

매일 아침 당신이 배달해주던 커피와 베이글은

이 세상 어떤 것보다 맛있고 달콤했습니다.

당신이 저를 사랑하고 있다고 착각에 빠져 있던 동안에는 말이에요.

그러나 오늘 아침 커피 맛은 너무 씁니다.

당신의 얼굴에 그 어느 때보다 행복한 미소가 번지고 있는데

제 표정은 점점 굳어만 갔죠. 오늘에야 알았거든요.

당신이 매일 아침 커피와 베이글을 사 들고 출근했던 건

저 때문이 아니라 커피 전문점에서 일하는

그녀를 보기 위해서였다는 걸 말이에요.

매일 똑같은 메뉴를 주문해서

그녀가 당신을 기억하게 만들려고 했는데

오늘은 그녀가 먼저 알아보고

같은 메뉴를 내주었다고 얘기하는 당신,

행복하게 웃는 당신이 오늘 처음으로 미웠어요.

그녀뿐만 아니라 저도 기억하고 있었으니까요.

아침마다 똑같은 메뉴를 들고 출근하는 당신을
저도 매일 기다리고 있었으니까요.
오늘따라 파란 하늘이 너무 슬퍼 보입니다.
순간, 가슴에 울컥 물이 고이는 걸 참고 있는데
누군가 그러더군요. 꼭 금방이라도 울 것 같은 얼굴이라고
어디 아프냐고.... 그래서 이렇게 말했습니다.
"하늘이 너무 파랗고 예뻐서요. 예쁜데 눈물이 나네요."

저는 오늘의 파란 하늘을 잊지 못할 겁니다.
당신의 사랑이 제가 아니었음을 알게 된 오늘,
세상에서 가장 슬픈 하늘을 본 오늘을..
저는 오래오래 기억하겠습니다.

익숙한 그 향기

가끔 불쑥 네 생각이 나.

마치 기억상실증에 걸린 사람처럼

아무 일 없었다는 듯이 잘 살다가도

그 향기를 맡으면 불현듯 네가 떠올라 나를 힘들게 해.

그동안 잘 살고 있었던 건 다 거짓말이었던 것처럼....

농구를 좋아하고 친구를 좋아했던 사람,

바보처럼 순수한 웃음을 지어 보이던 사람,

멀리서도 나를 알아보고 100미터 달리기를 하듯

열심히 뛰어오던 사람, 네가 바로 그런 사람이었어. 나한테는....

그래서 헤어진 후로는 네 생각 안 하려고

TV에서 농구 중계하는 것도 안 보고

너 따라 잘 웃던 버릇도 바꾸려고 노력하다가,

이젠 아예 잘 웃지 않게 됐고

거리를 지날 때는 땅만 보고 걸었어.

혹시라도 너랑 비슷한 사람을 보고 또 널 그리워하게 될까 봐.

그런데 오늘.. 그런 노력이 다 물거품이 된 거 아니?

네 볼에 있던 점이 왼쪽에 있었는지 오른쪽에 있었는지,

네 목소리가 낮은 저음이었는지 아니었는지,

하나씩 희미해져 가는 중이었는데

그 향기.. 너에게 내가 선물했던 그 향기를 맡아버렸거든.

결국 다시 처음부터 널 잊기 위해 노력해야 할 것 같아.

그런데.. 나.... 잘할 수 있을까?

 너를 기억하는 또 다른 이름, 너의 품에 안길 때마다
그 따뜻한 가슴 안에서 풍겨 나오던 향기는
오래도록 내 주위를 맴돈다.
잔잔하게 맴돌다가 불쑥 추억의 과녁에
화살을 쏘고 달아나 버리는 널, 난 이제 그만 잊고 싶다.

그 등나무 아래 벤치에

오랜만에 공원에 갔어.

우리가 자주 갔던 너희 동네 그 언덕배기에 있는 공원 말이야.

혹시나 너랑 마주치지 않을까 기대했는데

역시나 넌 보이지 않았지.

어쩌면 난 네가 안 올 거라는 걸 이미 알고 있었는지도 모르겠어.

그렇지 않았다면 그 나무 아래 하루 종일 앉아 있지 못했겠지.

너랑 나랑 나란히 앉아서 우리의 미래를 얘기했던 그곳에서

떠난 널 기다리고 있는 내 모습을 너에게 들킬 수는 없으니까.

그런데 오늘은 그냥 아주 슬픈 드라마 속

비련의 여주인공이 되고 싶었어.

사랑도 잃고 우정도 잃고 그렇게

아무것도 남은 것 없는 슬픈 눈으로,

꽃잎이 흩날리는 등나무 아래 앉아 있고 싶었어.

그러다 보니 생각나더라.

네가 나한테 했던 얘기, 또.. 손가락 걸고 약속했던 것까지.

우리가 결혼을 하면 마당이 넓은 집을 사서

거기에 꽃도 심고 상추도 심고 그렇게 예쁜 텃밭을 가꾸자고 했지.

아들을 낳으면 '하늘'이라는 이름을 짓고,

딸을 낳으면 '바다'라는 이름을 짓자고 했던 말도..

하나도 빠짐없이 다 기억나더라.

하지만 지금에 와서 그런 걸 기억하는 게 무슨 소용이 있겠니.

다 지나간 일이고 부질없는 약속일 뿐인데....

그래. 이제 다시는 이곳에 오지 않을게.

꼭 이곳을 지나쳐 가야 할 일이 생겨도 다른 길로 돌아갈 거야.

날 위해서.. 더 이상 너 때문에 힘들고 싶지 않은, 날 위해서....

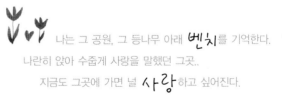

나는 그 공원, 그 등나무 아래 벤치를 기억한다.
나란히 앉아 수줍게 사랑을 말했던 그곳..
지금도 그곳에 가면 널 사랑하고 싶어진다.

1시 11분

점심시간이 된 줄도 모르고 일을 하다가 배가 고파서 시간을 봤어.
그런데.. 휴대전화 액정 화면에 보이는 숫자, 1 1 1
1이란 숫자 세 개가 나란히 보이는데,
별로 떠올리고 싶지 않은 그때가 생각났지.
너 알아?
내가 너한테 내 마음 처음 고백했던 시간도,
네가 나에게 어렵게 이별을 얘기했던 시간도
1시 11분이었다는 거.
넌 뭘 그런 걸 다 기억하냐고 하겠지만
나도 꼭 기억하려고 했던 건 아니야.
그때 우연히 시간을 봤던 게
뇌리에 박혀서 지워지지 않을 뿐이지.
덕분에 하루에 두 번씩 악몽을 떠올려야 하는 게
나에게도 깊은 상처야.
그래서 가끔 왜 내가 너에게 고백을 했을까,
그냥 조용히 바라보면서 혼자 좋아하다 말걸 왜 그랬을까..
못난 나를 자책하곤 해.

그러다 보면 일부러 시계를 보지 않으려고 애쓰기도 하지.

널 떠올리지 않기 위해서

내가 할 수 있는 만큼의 노력은 해봐야 하니까.

난 이렇게 혼자 힘든데..

넌 어떠니? 가끔이라도 내 생각.. 하긴 하니?

 나는 너를 시간으로 기억한다.

너를 사랑했던 시간은 과거이고,

너를 잊으려고 애쓰는 시간은 현재이고,

내가 너를 잊고 잘 살아갈 그때 는.. 내일이 될 것이다.

아직도 너를 기다리는 바보

어떤 드라마를 보다가 갑자기 서럽게 울어버렸어.

옆에서 같이 보던 동생은 처음 보는 내 눈물에 놀랐는지

조용히 자기 방으로 들어가 버렸지.

드라마 내용이 뭐였냐고?

남자 주인공이 새로운 여자친구를 데리고

옛사랑과 자주 가던 카페에 간 거야.

그런데 그 모습을 옛사랑이 본 거지.

옛사랑은 그 자리에 멈춰 서서는 들어가지도 못하고,

그렇다고 뒤돌아가지도 못하고 그대로 멈춰 서 있는데,

그 모습이 꼭 나 같았어. 며칠 전 우리가 그랬잖아.

혹시나 널 볼 수 있을까.. 정말 네가 와 있으면

창밖에서 살짝 훔쳐보고 도망가야지 하고 갔는데,

설마 진짜 네가 올 줄은 몰랐어.

그것도 다른 여자와 다정하게 웃으며 들어올 거라곤

꿈에도 생각하지 못했지.

넌 생각 안 해봤니?

그곳에 가면 내가 있을지도 모른다는 생각을 한 번도 안 해본 거야?

혹시 날 만날 거란 상상은 안 했어도

그곳에 가면 내 생각이 안 나?

그때까지 전혀 내 생각을 안 하고 살았다고 해도

우리가 매일 가던 곳인데 그곳에 가면 우리의 추억이 떠오르지 않니?

너라는 남자가 도저히 이해가 안 되는데.. 그런데....

난 또 네가 보고 싶다. 네가 그리워.

나 어떡하면 좋니?

네가 날 새까맣게 잊었듯이 나도 널 잊을 수 있는 방법 좀 가르쳐줄래?

우리가 늘 함께했던 그곳에 이제 우리의 모습은 없다.

아직도 너를 기다리는 바보 같은 나만 남아 있을 뿐.

넌 이미 떠난 지 오래였다. 그러나 난..

네가 떠난 걸 알면서도 발을 뗄 수가 없다.

내 사랑의 막차일 거라고

오늘 오랜만에 친구들이랑 시간 가는 줄 모르고
수다를 떨다가 마지막 지하철을 놓칠 뻔했어.
플랫폼을 향해 뛰어서 도착했는데
그때 마침 막차가 도착한다는 안내 방송이 들려왔고,
그제야 안심이 돼서 숨을 고르고 기다렸지.
그런데 지하철이 오고 친구랑 함께 탔는데 왠지 낯설지 않은
느낌이 들었어. 왜냐하면.. 너랑 만났던 그때가 생각났거든.
처음 우리가 미팅에서 만나 서로에게 끌렸지만,
각자 파트너가 따로 있어서 서로 마음도 표현 못 하고
그대로 헤어져야 했었잖아.
그런데 며칠 후에 지하철 막차 안에서 만났을 때
우리 서로 정말 반가워했던 거 기억나니?
중간고사 기간에 학교에서 늦게까지 공부하다가
겨우 막차 시간에 맞춰 지하철을 탔는데
너랑 마주칠 거라곤 생각도 못 했어.
물론 네가 먼저 내게 다가와서
내 연락처를 물어보는 일을 꿈꾼 적도 없었고.

그런데 꿈에도 생각하지 못했던 일은 현실이 됐고,
그날부터 우린 데이트를 시작했지.
도서관에서 늦게까지 공부하다가 일부러 막차 시간에 맞춰
지하철을 타고, 네가 날 데려다 주면 나는 또 널 데려다 주고,
그렇게 서로의 집을 왔다 갔다 하면서 그게 사랑이라고
생각했었잖아. 헤어지기 싫은 마음이 사랑이라고....
그런데 지금은 이게 뭐니?
잠깐 헤어져 있는 시간도 안타까워했던 우리가 도대체 지금
왜 이렇게 서로 모른 척 살고 있는 건지 모르겠다.

나는 네가 내 사랑의 **막차**일 거라고 생각했다.
그러나 그건 날이 밝으면 첫차가 또다시 온다는 걸 몰랐을 때의 일이다.
이제 나는 다시 기다린다.
새로운 **사랑**의 지하철은 이미 오고 있을지도 모른다.

나란히 앉았던 창가 자리

오늘 오후엔 오랜만에 여유를 부려봤어.

물론 네가 아는 나는 한번 책상 앞에 앉으면

퇴근 시간이 될 때까지 일만 하는 사람이지만 오늘은 좀 달랐어.

옆 자리 동료가 차를 마시는데 그 향이 너무 좋은 거야.

순간 그림 하나가 떠올랐지.

퇴근 후에 우리가 늘 갔던 곳, 그 카페 기억나?

창이 넓은 그 카페에 앉아서

지나가는 사람들 보는 거 너 참 재미있어했잖아.

어느 날 약속 시간에 늦게 가서 미안해하는 나한테

넌 오히려 재미있는 구경을 하고 있었다면서

고맙다고 말한 적도 있었지.

그 이후론 나도 널 기다리는 게 지루하지 않았어.

너처럼 똑같이 창가 자리에 앉아서 지나가는 사람들을 구경했거든.

그 재미에 빠져서 한번은

네가 내 옆에 와서 앉아 있는 줄도 모르고

넋 놓고 구경한 적도 있었잖아.

바로 거기.. 그 창가 자리에 앉아서 오늘 너를 기다렸어.

물론 너는 내가 기다리는 줄도 모르고 있을 테고
나도 네가 오지 않을 걸 알고 있었지만
그냥 널 기다려보고 싶었어. 예전 그때로 돌아가서
설레며 널 기다리던 내가 돼보고 싶었어.
그런데 많이 슬프더라.
역시 오지 않을 사람을 기다리는 건 힘든 일이더라고.
나 오늘.. 또 바보짓 한 것 같아.

♥ ♥ ♥

우리가 나란히 앉았던 창가 자리에서
오늘도 나는 너를 추억한다.
이제는 둘이 아닌 혼자라는 사실이 많이 아프지만
한때 사랑했던 네가 있었던 것만으로 내 사랑의 추억은 충분하다.

책 속에 남겨둔 영화 속 대사

조금 전에 동생 방에 들어갔다가 책 한 권을 발견했어.
난 그냥 찾아볼 책이 있어서 들어간 거였는데
그 책이 먼저 눈에 들어온 거야.
『냉정과 열정 사이』
그 책 생각나니?
영화가 개봉되기 전에 책부터 읽어봐야 한다고
네가 두 권의 책을 사서 나한테는 여자 작가가 쓴 책을 주고
넌 남자 작가가 쓴 책을 가지면서 나중에 서로 바꿔보자고 했잖아.
물론 책을 바꿔 읽기 전에 영화가 개봉을 하는 바람에
서로의 책을 읽어보지는 못했지만
확실히 영화보다는 책이 훨씬 좋았던 것 같아.
너도 영화 속 배우의 분위기가 머릿속으로 상상했던
준세이와 아오이의 모습과 너무 달라서 좀 실망스럽다고 얘기했었지.
그러곤 그나마 영화에선 이 대사가 좋았다고 책에 써줬어.
"진실한 사랑은 변하는 게 아니다. 마음을 다해서 사랑했다면
언젠간 꼭 만난다. 인연이 잠시 멀어져도 긴 시간 동안 먼 길을
돌고 돌아 결국 이렇게 그 사람 앞에서 서게 된다."

여기서 끝이 아니었어. 네가 책 맨 뒷장에 이 글을 써놓고

마지막 한 줄 덧붙인 게 있었는데 어떤 내용이었는지 아니?

그러니까 우리도 변하지 말자는 거였어.

먼 길을 돌고 돌아 결국 만난 우리니까 영원히 함께하자는 거였어.

그땐 나도 그럴 거라고 믿었는데..

정말 우리의 사랑도 변하지 않을 거라고 믿었는데....

그때 우리가 너무 자만했던 걸까?

나는 아직도 네가 책 속에 남겨둔 **영화** 속의 대사를 기억한다.

인연이 잠시 멀어져도 먼 길을 돌고 돌아 결국은

다시 만나게 된다는 그 글이 너와 나의 얘기이기를.. 난 믿고 싶다.

해바라기 귀걸이

오늘 친구들이랑 명동에 갔어. 오랜만에 기분 전환도 할 겸
사람들이 붐비는 곳에 가보고 싶었거든.

그런데 또 선배 때문에 망쳐버렸어. 생각나? 해바라기 귀걸이....
길거리 노점에 그때 그 해바라기 귀걸이랑 비슷한 게 있더라고.
그래서 또 어쩔 수 없이 선배를 떠올려 버렸어.

아빠가 직접 만들어주신 세상에 하나밖에 없는 귀걸이라고
선배한테 자랑했던 날, 그날 바로 잃어버렸잖아.

플랫폼에서 지하철을 기다리며 잠시 선배의 어깨에 머리를 기댔는데
그때 선배 옷에 걸렸는지

한쪽 귀걸이가 빠진 줄도 모르고 있다가 집에 와서야 그거 알고
어떡하냐고 선배한테 전화해서 울었었지.

사실 선배 잘못도 아니었는데....

그런데 다음 날 선배가 나한테 선물 줄 거 있다고 만나자고 했었지?
사실 비슷한 거라도 사 왔나.... 조금 기대를 하긴 했었어.

그런데 비슷한 게 아니라, 바로 내 귀걸이었어.

아빠가 만들어주신 그 해바라기 귀걸이.

감기에 걸려 몸이 많이 아팠으면서 내 전화받고 그날 밤에 다시

지하철역으로 가서 세 시간 동안 찾았다는 선배 얘기 듣고

그 자리에서 정말 많이 울었었지.

그날 이후로 서로에 대한 사랑을 다시 한 번 확인했다고 생각했는데..

결국 지금은 남남이 되어버렸구나.

그 귀걸이를 내가 또 잃어버려서 그런 걸까?

결국 우린 헤어질 운명이었는데 애써 붙잡고 있었던 걸까?

나는 너를 해바라기 한다.

잊을 만하면 또다시 기억의 문을 열고

들어오는 너를.. 나는 해바라기 한다.

이제 다 잊었겠지.. 하면 어느 틈엔가 내 머릿속에 들어와 있는

너를.... 나는 해바라기 한다.

매일 매일 날짜 세기

오늘 너도 내 생각했니?

휴대전화 알림 기능 덕에 잠시나마 내 생각, 하지 않았니?

난 아침 출근길부터 메시지 하나를 보고 멍해졌어.

터널 속으로 들어간 것처럼 귀가 먹먹해지고

동시에 주위 사람들은 모두 뿌옇게 흐려지더니

내 다리 위로 눈물 한 방울이 뚝! 떨어졌지.

깜빡하고 있었어. 너랑 나랑 스케줄에 저장했던 거 말이야.

만날 때마다 우리가 만난 지 며칠 됐다고

매일 매일 날짜 세는 네가 신기해서 물어봤더니

휴대전화에 그런 기능이 있다고 해서 나도 같이 저장했잖아.

그런데 너랑 헤어진 후로 그 기능을 해제하지 않았더니

오늘처럼 이렇게 예고 없이 사람을 울컥하게 만드는구나.

참 이상하지? 이미 너랑은 헤어졌고

앞으로 우리가 다시 만날 희망도 이제는 버렸는데....

버튼 하나 누르는 게 왜 그렇게 힘들까?

그 기능을 해제하겠냐고 묻는 질문에 자꾸 '아니오' 버튼을 누르고

다시 해제 버튼을 눌렀다가 또다시 '아니오'를 누르고....

결국엔 친구에게 걸려 온 전화를 받으면서
얼렁뚱땅 넘어가 버렸어.
지금 난 또 다른 날짜를 세고 있어.
너와 헤어진 지 오늘로 75일째....
하루하루 시간이 지나면 언젠가는
널 모르는 사람처럼 지나칠 수 있을까?

나는 매일 매일 날짜를 세던 너를 기억한다.
그리고 하루만큼 더 사랑이 자란다고 말했던 너도....
그러나 이제는 사랑이 끝났다고 말하던 넌..
기억하고 싶지 않다.

홍대 앞, 추억의 LP판

오늘 친구를 만나러 홍대 앞을 지나가다가 갑자기 걸음을 멈췄어.
원래 주변을 잘 보지 않고 땅만 보고 걷는 내가
오늘따라 두리번두리번 구경을 하며 걷고 있었지.
그런데 오래된 LP판들로 가득 차 있는 음반 가게를 지나가는데
나지막하게 들리는 음악 소리가 내 걸음을 멈추게 했어.
오래된 LP판을 수집하는 거.. 네 취미였잖아.
그래서 네가 일주일에 한 번씩 청계천 황학동 벼룩시장으로
귀한 LP판을 구하러 갈 때 따라가곤 했었는데....
그때 생각이 난 거야.
언젠가 한번 네가 정말 귀한 음반이라면서 들려줬던 음악이
그곳에서 흘러나오고 있었거든.
아마.. 뉴잉글랜드라는 밴드였던 것 같아.
오래전부터 애타게 구하고 있던 거였는데
마침 내가 따라간 날, 그 LP판을 샀을 때 네가 그랬어.
내가 복덩어리라서 구한 거라고....
그렇게 애타게 찾을 땐 늘 없더니
나랑 같이 와서 정말 귀한 판을 구한 거라고....

넌 참.. 사람을 기분 좋게 하는 능력이 있었어.

별것 아닌데도 같이 간 나를 뿌듯하게 만들어줬거든.

그래서 기억해. 그날 그 특별했던 LP판..

빛바랜 파란색으로 인쇄되어 있던 뉴잉글랜드 밴드의 LP판을....

그리고 네가 나에게 해준 따뜻했던 얘기까지....

그런데.. 그렇게 따뜻했던 네가 왜 나를 떠났을까?

난 네가 떠난 사실이 여전히 믿어지지가 않아서

한동안 그 자리에 멈춰 서서 꼼짝도 할 수가 없었어....

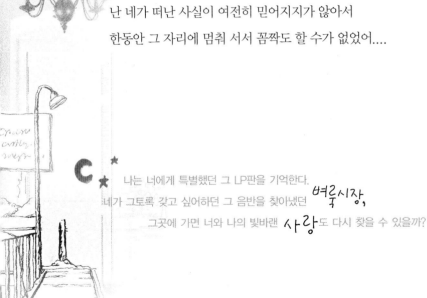

나는 너에게 특별했던 그 LP판을 기억한다.

너가 그토록 갖고 싶어하던 그 음반을 찾아냈던 벼룩시장,

그곳에 가면 너와 나의 빛바랜 사랑도 다시 찾을 수 있을까?

2000년 가을, 시월애

오늘은 그냥 옛날 영화가 보고 싶었어.

그래서 퇴근 후에 간편한 차림으로 동네 비디오 대여점에 들렀지.

좋은 영화가 뭐가 있을까 고르면서 서성거리는데

갑자기 내 발길을 멈추게 한 영화가 있었어.

우리 둘이 꼭 같이 보자고 약속했던 그 영화....

바로 그 영화가 꽂힌 자리 앞에서 순간 얼어붙었어.

생각나? 그 영화.. 네가 좋아하는 전지현이 나오고

내가 좋아하는 이정재가 나왔던 '시월애' 라는 영화 말이야.

2000년 가을, 너랑 같이 보려고 예매까지 해놨는데

이런저런 일이 생기는 바람에 놓쳤잖아.

그래서 다음에 비디오 나오면 꼭 같이 보자고

다른 친구들과도 안 보고 기다리고 있었는데....

끝내 우리는 그 영화를 같이 못 보고 이별을 하고 말았지.

그런데 오늘 그 비디오테이프를 빼 들고 카운터 앞에서 계산을 하려고

돈을 꺼내는데 어느새 그 영화가 옛날 영화가 돼서

800원이나 가격이 내려가 있는 거야.

순간 놀랐어. 우리가 헤어진 지 벌써 이렇게 많은 시간이 흘렀나..

새삼 깨달은 거지.

뭔지 모를 우울함과 서운함을 안고 비디오테이프를 빌려 와서는

결국 그 영화를 나 혼자 봤어.

가족들이 모두 잠든 새벽에, 그것도 캄캄한 거실에서..

결국.. 울어버렸어.

너와 사랑했던 그때가 생각나서....

아무래도 한동안은 이 영화가 내게 가장 슬픈 영화가 될 것 같아.

여전히 잊을 수 없는 너를 떠올리게 하니까.

나는 너와 함께했던 시간보다

너와 함께하지 못했던 이 영화를 더 가슴 깊이 남겨둘 것이다.

끝내 헤어짐으로 막을 내린 너와 나의 사랑은..

행복했던 기억보다 아팠던 기억으로 남을 테니까.

나 때문에
눈물을 흘렸던

나는 너를 습관처럼 기억한다.
너를 사랑하면서 어느새 너의 습관까지 닮아버린 난..
이제 나를 버려야 너를 잊을 수 있다.

한 남자를
기억한다

행운의 포춘 쿠기

오늘 인터넷 사이트에서 우연히 재미있는 거 하나를 발견했어.

그거 생각나? 우리 같이 미국 여행 갔을 때

차이나타운에서 처음으로 본 '포춘 쿠키'라는 과자 말이야.

여러 가지 색깔의 과자 속에 숨겨진 행운의 메시지가

호기심을 불러일으켜서, 너랑 나랑 무지 기대하면서 열어봤잖아.

먹는 재미보다 보는 재미가 더 있었던 그 포춘 쿠키를

인터넷으로 해볼 수가 있더라고.

그걸 발견하자마자 그때를 생각하면서 클릭을 해봤어.

그런데 어떤 말이 나왔는지 알아?

"사랑하는 사람을 시험하려 하면 안 됩니다.

그러면 오히려 진실을 알 수 없게 됩니다."

누군가 우리 곁에서 우리의 사랑을 다 지켜본 것처럼

너무 가슴에 찔리는 말이 나온 거야.

믿기 싫어서 다시 한 번 클릭해보고 또다시 클릭해보고.. 그랬는데

여전히 아픈 얘기만 나오더라고. 그래서 컴퓨터는 꺼버리고,

예전에 진짜 쿠키 안에서 나왔던 메시지를 찾아봤어.

혹시나 버렸을까 봐 걱정했는데 그대로 있더라고.

기억나? 어떤 말이 쓰여 있었는지?

두 개의 쿠키 속에서 나온 메시지는 이랬어.

"앞으로 펼쳐질 당신의 로맨스는

이제까지보다 훨씬 멋진 사랑이 될 것입니다."

"주파수가 비슷한 사람과 함께할 수 있다는 것은 축복입니다."

그랬는데.. 지금 우린 왜.. 따로 떨어져 있는 걸까?

혹시 넌.. 그 이유를 아니?

너와 나의 사랑을 시험했던 포춘 쿠키....

과자 하나에 우리의 운명을 시험한 게 잘못이었을까?

그러나 나는 믿고 싶다.

아직 끝나지 않은 우리의 로맨스가

이제까지보다 훨씬 멋진 사랑이 되리란 것을....

너의 습관까지 닮아버린 난

오늘 점심을 먹다가 깜짝 놀랐어.

지금까지 내가 쭉 그렇게 해오고 있었다는 걸 전혀 몰랐거든.

이미 내겐 습관이 되어버렸다는 걸 오늘에서야 알았어.

숟가락과 젓가락을 닦는 거 말이야.

컵에 담긴 물에 숟가락과 젓가락을 담가서

한 번씩 씻어내고 밥을 먹던 너를

내가 어느새 그대로 따라하고 있었던 거 아니?

같이 점심을 먹으러 간 후배가

그동안은 아무 말 안 했었는데 오늘 그러더라고.

평소에는 내가 굉장히 털털한데 밥 먹을 때만큼은

무지 깔끔을 떤다면서 좀 의외라는 거야.

그런데 그 얘기 듣고 내가 더 놀랐어.

사실 내가 너랑 처음 만났을 때 네가 유난히 깔끔하게 굴어서

그 모습에 정이 안 간다고, 그래서 싫다고 그랬었는데..

어느새 내가 널 닮아가고 있었다니 참 씁쓸한 얘기지 않니?

우리가 헤어지지 않았다면 서로 닮아가는 모습에

행복해하고 즐거워하고 이래서 우린 인연인가 보다고

다시 한 번 서로에게 확신을 가졌겠지.

하지만 우린 지금 헤어졌고 난 이제 널 떠올리고 싶지 않은데

이렇게 널 그대로 따라하고 있으니....

어떡하니? 넌 이미 내 속에 꽉 차게 자리를 잡아버렸는걸....

난 어떡하면 좋을까?

사랑하면 그 사람을 닮아간다는 말이 이렇게 슬플 줄 몰랐어.

그땐 공통점을 찾으려고 해도 서로 너무 달라서 싸우기만 했는데..

난 왜 뒤늦게 널 닮아서 혼자 힘들어하는 걸까?

♥ ♥ ♥ 나는 너를 습관처럼 기억한다.

너를 사랑하면서 어느새 너의 습관까지 닮아버린 난..

이제 나를 버려야 너를 잊을 수 있다.

나를 바래나주던 길

오늘 드디어 첫 시승식을 했어.

너한테 제일 먼저 알리고 제일 먼저 축하받고 싶었는데....

네가 곁에 있었다면 누구보다 기뻐해줬을 텐데....

네가 없어서 좀 아쉬웠어. 고마워. 다 네 덕분이야.

내가 평소 끈기가 없어서 뭐 하나 끝까지 해낸 게 없었잖아.

그래서 영어 학원도 며칠 가다 말고, 요가 학원 수강증도

결국 언니한테 줘버리고, 제대로 해본 게 없었는데

네가 도와줘서 운전면허만큼은 딸 수 있었어.

그런데 오늘 차를 끌고 나와서 제일 먼저 어딜 갔는지 알아?

너희 동네에 갔었어. 우리 서로 집이 너무 멀어서

늘 너만 나를 바래다줬었잖아.

피곤해도 꼬박꼬박 집에 바래다주고 가는 너한테,

언젠가 차를 사면 그땐 꼭 내가 너희 집까지

바래다주겠다고 약속했던 거 생각나?

그래서 갔어. 그 약속 지키려고....

물론 내 옆 자리엔 네가 없었지만 그렇게라도 갚고 싶었어.

그리고 늘 너 혼자 외롭게 돌아갔을 그 길을 이번에는

나 혼자 달려본 거야. 오랜만에 원 없이 네 생각만 하면서....

오늘을 마지막으로 다시는 네 생각 안 하겠다고 다짐하면서

머릿속을 너에 대한 기억으로만 꽉꽉 채웠어.

그렇게 질리도록 네 생각만 하면 떨쳐버릴 수 있을 줄 알았거든.

그런데.. 그게 실수였나 봐.

너에 대한 기억은 그리움으로 변했고 그리움은 슬픔이 돼서 나를 울렸어.

처음엔 비가 오는 줄 알고 애꿎은 와이퍼만 움직였는데,

빗물이 아니라 내 눈물이었던 거야.

나는 네가 나를 바래다주던 길을 기억한다.
그 길을 반대로 거슬러 가며 우리의 추억도 되새겨본다.
하지만 나는 안다.
추억은 되새길 수 있지만, 시간은 되돌릴 수 없다는 걸....

한 남자

오늘 어떤 가수의 뮤직 비디오를 보는데 네 생각이 났어.

너무도 서럽게 우는 남자 주인공이 꼭 너 같았거든.

그날.. 네가 많이 울었던 거.. 나 다 알아.

넌 아닌 척 연기했지만 네가 택시 안에서 기사 아저씨한테

울면서 얘기했던 것도 다 기억해.

내가 모른 척했던 건, 거기서 내가 눈을 뜨면 네가 민망해할까 봐....

헤어지는 마당에 너에 대한 내 마지막 배려였다고 하면

그것도 네 자존심을 상하게 하는 일일까?

미안해. 내가 너에게 할 말은 그것뿐이야.

아무리 포장을 한다고 해도 난 널 배신한 거고,

넌 나한테 배신당한 거니까. 내가 널 버리고 다른 사람한테 간 거니까.

그런데 나.. 너에게 그렇게 못되게 굴었던 거, 이제 벌받나 봐.

결국 그 사람이랑 헤어졌거든.

역시 너만큼 날 사랑해줄 사람은 없었어.

그래. 네 말이 다 맞았어. 그날, 내가 너에게 헤어지자고 말했던 날,

폼 나게 이별하자고 내가 건배를 제의했을 때 조용히 내 얘기 들어주고

집에까지 데려다 주면서 택시 안에서 네가 했던 말,

하나씩 더듬어보면 네 말이 다 맞았던 것 같아.

내가 다른 남자가 더 좋다고 하지만

진짜 사랑하는 사람은 바로 너라고,

내가 모르는 것뿐이라고 울면서 말했잖아.

내 앞에서는 아무 말도 안 하던 네가

끝내 울음을 참지 못하고 택시 기사 아저씨를 붙잡고

얘기했던 거, 나는 잊지 못해. 물론 그땐 이별을 하려면

그 정도의 아픔은 감수해야 한다고 생각했었어.

내가 너무 이기적이었지.

당하고 보니까 네가 얼마나 힘들고 아팠을지

이제 조금 알 것 같아. 결국 나도 어쩔 수 없는 인간이었나 봐.

소중한 건 늘 잃어버린 후에야 그 가치를 깨닫는 인간들이

어리석다고 얘기했지만, 지금은 내가

그 못난 인간들 중 하나가 돼버렸으니까.

나는 나 때문에 눈물을 흘렸던 한 남자를 기억한다.
그 남자의 서러웠던 눈물을 기억하는 만큼
때늦은 후회가 가슴 아프다.

잘못 탔던 지하철

터벅터벅 걸어서 플랫폼으로 갔어.

오늘도 힘겨운 하루를 마치고 집으로 돌아오는 길에

어김없이 네 생각을 했지.

생각하지 않으려고 해도 어쩔 수가 없어.

뚜벅이는 매일 아침저녁으로 지하철을 타야 하고

그러다 보면 너와 헤어지던 날이 떠오르니까.

그날 나는 정말 자신 있었어.

너에게 헤어지자고 말할 결심을 하고

너를 기다릴 때까지는 정말 덤덤하게 얘기할 수 있을 줄 알았지.

그런데 네가 도착하고 내 앞에 앉아서 아무 말도 안 하고

땅만 쳐다보고 있는데 입이 떨어지지가 않더라.

하지만 이미 내린 결정은 바뀔 리 없었고

너에게 독하게 이별을 얘기했지.

그리고 한참 동안 둘 다 아무 말 없다가 내가 겨우 꺼낸 한마디....

그동안 고마웠다고.. 그리고 미안하다고....

그 말을 하는데 겨우 참아왔던 눈물이 쏟아졌고

너에게 우는 모습 보이기 싫어서 난 서둘러 나와버렸어.

그리고 가까운 역으로 뛰어가서 때마침 온 지하철을 탔지.

타자마자 자리에 앉아서 고개를 숙이고 울기 시작했어.

귀에는 이어폰을 꽂은 채 그대로 눈을 감고 흐르는 눈물을 닦아냈어.

그러다가 한참 시간이 지나 눈을 뜨고 창밖을 봤는데

내가 낯선 곳에 와 있는 거야.

그때야 알았어. 내가 지하철을 잘못 탔다는 걸....

인천행을 타야 하는데 수원행으로 잘못 탄 거였어.

우느라 정신없던 내가 종착지 확인도 안 하고 그냥 탄 거지.

훗날 너랑 어떻게 될지 생각 같은 거 한 번도 안 해보고

무작정 너를 좋아하기 시작했던 것처럼....

그래도 결국.. 잘못 탔다는 걸 깨닫고 내렸어.

그나마 다행이지? 종점에 도착하기 전에 내렸으니 말이야.

나는 너와 헤어지던 날, 잘못 탔던 지하철을 기억한다.
어쩌면 그것도 예견된 실수가 아니었을까..
너와의 만남은 잘못 탄 지하철처럼
내가 중간에 내려야 했음을 알려준 게 아니었을까....

우리 헤어진 지 1년 되는 날

사랑을 하다가 헤어졌을 때 제일 견디기 힘든 건..

그 사람과 관련된 습관, 또.. 남아 있는 추억이야.

그리고 문득문득 머릿속에 떠오르는 숫자는

사람을 참 허탈하게 하는 것 같아.

희미해졌나 싶으면 어느새 되살아나서 힘들게 하거든.

바로 엊그제 그랬어. 달력에 보이는 6월 30일이라는 날짜가

볼록렌즈처럼 확대되어 보이더니 내 슬픔까지 끌어내더라고.

그날은 우리가 헤어진 지 1년이 되는 날이야.

작년 6월 30일, 8년의 연애를 끝내고 각자의 길을 가기로 했지.

그날을 잊고 싶은데 잊을 수가 없어. 뇌리에 박혀버린 거 같아.

그런데 우린.. 왜 우연히라도 마주쳐지지 않는 걸까?

난 가끔 네가 보고 싶어서 우리 자주 갔던 단골집을 가보는데

단 한 번도 널 볼 수 없었어.

널 만나면 꼭 하고 싶은 말이 있는데..

너한테 해야 할 말이 있는데....

넌 나한테 그 기회조차 주지 않는구나.

그래. 내가 이렇게 만든 거겠지. 누구도 탓할 수 없다는 거 알아.

너와 함께 보낸 시간이 내 생에서 가장 행복했던 시간이었다는 거..

이제야 알아버린 내 잘못이 제일 크지.

미안해. 헤어지던 순간 너에게 토해냈던 내 모진 말은 잊어줘.

8년 동안 너와 함께 보낸 아름다웠던 시간, 소중하게 간직할게.

고마웠어.. 그리고 사랑했어....

 6월 30일....

영원히 내 머릿속에서 지워지지 않을지도 모른다.

오랫동안 너와 헤어진 그날을 후회하며 살 테니까....

하지만 넌 지워버렸으면 좋겠다.

너에게 모질게 굴었던 나는.. 네가 기억하지 않았으면 좋겠다.

너의 옆모습

평소에 한두 번 인사만 하던 선배였어.

다른 부서 사람이라 언뜻 지나가면서 인사만 했지.

그런데 며칠 전부터 그 선배를 보는 게 떨리기 시작한 거 아니?

다 너 때문이야.

그전까지는 가끔 마주치기만 해서 몰랐는데

우연히 다른 사람들 틈에 끼어서 같이 점심을 먹게 되면서 알았어.

그 선배 옆모습이 너랑 너무 닮았다는 걸 말이야.

사람들 하는 얘기가 지루하고 따분해서 커피만 홀짝거리고 있다가

무심코 고개를 들었는데 바로 선배의 옆모습이 보인 거야.

그 순간 숨이 턱! 막히는 줄 알았어.

심장도 떨어져 버린 건 아닌지 너무 놀라서

가슴에 손을 얹고 숨을 고르기 시작했지.

그리고 천천히.. 마음을 진정시키고 살펴봤어.

옆모습 하나하나 너랑 너무 많이 닮았더라.

난 네가 앉아 있는 줄 알았어.

짙은 쌍꺼풀에, 여자보다 더 긴 속눈썹, 그리고 까만 피부까지....

바로 네가 내 옆에 있는 듯한 착각이 들었지.

나긋나긋 말하는 목소리도 닮았고 손이 예쁜 것도 닮았고
또.. 한참 얘기를 하다가 물끄러미 나를 바라보는 눈빛도
모두 너였으니까. 나 어떡하지?
이렇게 네가 내 가까이에, 고개만 돌리면 언제든
볼 수 있는 곳에 있는데.. 내가 널 잊을 수 있을까?

나는 너의 옆모습을 기억한다.
나를 향하지 않던 너의 시선 때문에 많이 아팠지만,
아무도 몰래 나만 바라볼 수 있는 너의 옆모습이 좋았다.
나는 여전히 그 옆모습을 사랑한다.

비밀처럼 다가왔던 너의 손길

오랜만에 학교 후배한테 전화가 왔어.

다음 달에 결혼을 한다고 청첩장도 줄 겸 얼굴이나 보자고....

동아리 선후배들이 다 모일 거라고 꼭 나오라고 하는데

처음엔 나가지 않겠다고 했어. 거기에 가면 선배도 있을 텐데

덜컥 심장이 떨려서 못 나갈 것 같더라고.

그런데 전화를 끊고 다시 생각했어.

이런 모임이 아니면 좀처럼 선배 얼굴 보기 힘들잖아.

변한 선배 모습도 궁금하고.. 어때? 선배....

내가 예상하는 것처럼 많이 변했어?

아님, 여전히.. 그때 그대로일까?

처음 선배를 봤던 날이 생각나.

동아리 방에서 책을 읽고 있던 모습,

긴 앞머리가 바람에 흩날리는 순간 살짝 보이던 눈매,

순정 만화에서 금방 튀어나온 듯한 하얀 얼굴과 부드러운 미소까지..

참 인상적이었는데.... 하지만 단지 그것뿐이었어, 그때까지는....

결정적으로 내가 선배에게 마음을 뺏긴 건 동아리 연말 모임 때였어.

진실 게임을 하다가 대답을 하기 싫으면 술을 마시기로 했는데,

친구들이 나한테만 집중적으로 질문을 하는 거야.

곤란한 질문들을 회피하면서 마시다 보니까 어느새 취하게 됐고,

이제 정말 한 잔만 더 마셨다간

정신을 잃을지도 모르겠다.. 그러는 찰나에

어디선가 손이 쓱 다가왔지. 바로 선배의 손이었어.

아무도 모르게 내 술잔을 뒤로 뺏어서는 대신 마셔주는데,

그 모습에 반해버렸지.

그때부터 선배를 향한 내 마음이 지금까지 계속이야.

나.. 이제 그만 고백하려고 하는데.... 내 마음.. 받아줄래?

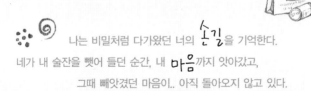

나는 비밀처럼 다가왔던 너의 손길을 기억한다.

네가 내 술잔을 뺏어 들던 순간, 내 마음까지 앗아갔고,

그때 빼앗겼던 마음이.. 아직 돌아오지 않고 있다.

학교 앞 그 오락실

우연히 학교 앞을 지나갈 일이 있었어.

그런데 그 오락실을 본 거야.

그래서 나도 모르게 버스에서 내렸어.

그러곤 그때를 떠올리면서 그 오락실로 걸어 들어갔지.

여전하더라. 벌써 10년쯤 지난 것 같은데 예전 그대로였어.

꼭 타임머신을 타고 그때로 돌아온 것처럼 말이야.

작은 유리창 안에서 얼굴만 빼꼼히 내밀고

동전을 바꿔주시던 아저씨도 그대로 있고,

이제는 시간의 흐름을 느낄 수 있는 녹슨 의자들,

먼지 쌓인 오락 기계도 그대로 있었어.

오락실 안을 둘러보다가 우리가 자주 했던 그 게임이 있는

자리에 앉아서 동전을 넣었어.

그러곤 게임을 하기 시작했는데.. 얼마 못 가 끝나버렸어.

시간이 많이 흐른 만큼 내 실력도 이젠 녹슬었더라고.

생각나니? 너 따라 당구장에 갔다가 내가 심심해하니까

네가 날 데리고 당구장 밑에 있는 오락실로 갔잖아.

오락 게임 같은 거 안 해봤다는 나를 앉히더니

내 손위에 네 손을 겹쳐 올린 채로

스틱을 움직이고 버튼을 누르는 걸 가르쳐줬어.

그 이후로 게임에 재미가 들어서 공강 시간만 되면

도서관에 가야 한다는 너를 데리고 오락실에 가서

다른 게임을 가르쳐달라고 떼쓰곤 했는데.... 기억나?

그래서 나중에는 네가 날 놀리기도 했잖아.

남들은 열심히 공부해서 볼펜을 쥔 오른손 가운데 손가락에

굳은살이 박일 때, 나는 조이스틱과 씨름하느라

왼손에 굳은살이 박일 거라고 말이야.

그 이후로 네 생각이 날 때면, 난 내 왼 손가락을 만져보곤 해.

정말 네 말대로 됐거든. 지금도 그때 생각하면서 웃고 있어.

좀 쓸쓸한 웃음이지만 말이야.

나는 너와 함께 추억을 쌓았던 학교 앞 그 오락실을 기억한다.
작은 오락 기계 앞에 나란히 앉아 있는 너와 나의 뒷모습,
그 뒷모습은 내 기억 속에 빛바랜 사진 한 장으로 남아 있다.

스무 살 첫 키스, 그 골목길

오늘은 혼자도 아니었는데 더 외로웠어.

네가 아니어서 그랬을까?

늘 너와 둘이 걸었던 골목길을,

네가 아닌 다른 남자랑 걸어서 낯설었던 걸까?

오늘 소개팅을 했어.

친구가 정말 좋은 사람이 있으니 한 번만 만나보라고

몇 달 전부터 조르는데, 아무래도 내가 그 사람을

만날 때까진 포기할 것 같지가 않더라고.

그래서 억지로 나갔는데, 역시나.. 나가지 말걸 후회했어.

네 생각만 더 나게 만들었으니까.

소개팅한 남자가 집까지 데려다 주는데

우리 집 골목길을 들어서는 순간, 내 눈엔 너의 모습이 보였어.

집 앞에 쭈그리고 앉아서 나를 기다리던 너,

첫 키스를 나누던 순간 나보다 더 떨던 네 모습,

나를 들여보내 놓고도 한참 동안 골목길을 서성이던 너의 그림자도

너무 생생하게 떠올랐어. 그 순간 주변을 둘러봤지.

혹시 어디선가 네가 날 보고 있지는 않을까.. 하고.

너도 불쑥 내가 보고 싶어서 찾아왔다가 내가 다른 남자와

나란히 걸어오는 모습을 보고 도망치듯 달아나지는 않았을까..

그런 생각이 든 순간, 나도 모르게 그 남자랑 멀찌감치 떨어져 걸었어.

혹시라도 오늘 만난 이 남자를 네가

내 새로운 남자친구로 오해하면 어떡하지?

하는 생각이 들자마자 거의 반사적으로 거리를 두고 걸었어.

물론 나만의 착각이었지만 말이야.

넌 지금 서울 하늘 아래에 없잖아.

바다 건너 먼 곳에 있는데.. 네가 어떻게 여길 오겠어?

나는 매일 네가 있던 그 골목길과 마주 선다.
스무 살 첫 키스를 선물해줬던 네가 여전히
나를 기다리고 있을 것 같아서 나는 오늘도 그 길을 혼자 걷는다.
너의 자리는 비워둔 채로....

수줍던 너의 고백

수줍던 너의 고백을 기억해.

관람차 안에서 조금은 떨리는 목소리로,

조금은 긴장된 모습으로 처음 네 마음을 고백했던 날....

그날의 설렘을 떠올리면 아직도 얼굴이 빨개지는 거 아니?

신입생 시절, 과에서 단체로 놀이동산에 놀러 갔을 때

내가 잠시 음료수를 사러 다녀온 사이,

다들 청룡열차를 타러 가고 너만 나를 기다리고 있었잖아.

그래서 난 너한테 같이 관람차를 타지 않겠냐고 했고,

넌 내 말이 떨어지기가 무섭게 표를 사 왔지.

그랬으니 모를 수밖에....

막상 타는 순간 겁먹은 표정을 한 나에게

괜찮을 거라고 걱정 말라고 그렇게 말했잖아.

그래서 난 네가 고소공포증 같은 게 있을 거라곤 전혀 생각 못 했어.

그런데 지금 생각해보면 그때 너의 용기.. 대단했던 것 같아.

고소공포증 때문에 많이 힘들었을 텐데 나를 위해 탔던 거잖아.

그리고 평소 조용하고 말도 별로 없던 네가,

그 순간에 나에게 숨겨왔던 마음을 고백한 것도

너로선 대단한 용기였다는 거 알아.

그런데 그 마음, 그 용기 알면서도 받아주지 못했던 거.. 미안해.

하지만 그땐 나도 너처럼 누군가를 짝사랑하고 있었거든.

이미 다른 사람이 내 맘을 채우고 있어서 네가 들어올 자리가 없었어.

그런데 왜 이제 와서 널 그리워하는지....

나도 모르겠어. 한발 늦게, 너무 뒤늦게

너의 의미를 알아버린 내가.. 나도 참 싫지만,

네가 네 마음을 어쩌지 못했던 것처럼

나도 내 마음을 어떻게 할 수가 없다.

나는 하늘 위에서 들었던 너의 고백을 기억한다.
관람차 안에서 목소리도, 눈빛도, 심장도 떨며 말했던
너의 그 소중한 고백을 나는.. 잊지 못할 것이다....

71

손끝의 떨림

오늘 새삼 내가 살아 있다는 걸 느꼈어.

난 내 심장이 죽어버린 줄 알았는데 여전히 뛰고 있었더라고....

한 남자 때문에 그걸 알았어.

너 아니고는 다른 사람 좋아할 수 없을 줄 알았는데,

그 사람 옆에 앉아서 혼자 한겨울을 만난 것처럼

몸을 덜덜 떨고 있는 나를 발견하곤 나도 놀랐어.

서른이 넘어 나도 참 주책이다.. 싶으면서도 한편으론 기뻤어.

아직 나에게도 이런 설렘이 있구나.. 아직 나에게도

이런 떨림을 느낄 수 있는 감정이 살아 있구나.. 행복했어.

그런데.. 그 순간 너랑 처음으로 함께 저녁을 먹었던 날이 생각났어.

선배 언니가 저녁을 먹고 있다고 해서 그냥 밥이나 얻어먹자고 갔는데,

그 자리에 네가 있었고, 평소 널 짝사랑했던 나는

속마음 들키지 않으려고 일부러 더 명랑한 척 괜한 농담을 했지.

그러다 결국 실수만 했지만 말이야.

기억나? 네 옷에 물 쏟았던 거.... 네 뒷모습을 보며 들어가서는

네 눈을 마주보고 앉을 용기가 안 나서 옆에 앉았는데,

이번에는 손이 떨리는 거야. 그런 적은 처음이라 손에 힘을 주고

주먹을 꽈~악 쥐었다 폈다 하면서 긴장을 푼다고 풀었는데....

네가 컵을 좀 달라는 말에 갑자기 놀라서 손에 힘이 풀려서는

결국 물을 쏟아버리고 말았지....

지금도 생각하면 얼굴을 들 수가 없어. 창피하고 부끄러워서....

그런데 오늘.. 그때 이후 처음으로 내 손이 떨리고 있는 걸 느낀 거야.

그래서 그때처럼 손에 힘을 주고

주먹을 꽈~악 쥐었다 폈다 하면서 네 생각을 했어.

내게도 다시 사랑이 찾아온 걸까?

이 새로운 떨림이 널 잊게 할 수 있을까?

나는 너로 인해 요동쳤던 내 심장,

그리고 저릿했던 손끝의 떨림을 기억한다.

그러나 처음이자 마지막일 줄 알았던 떨림은

다시 되살아나서, 나에게 새로운 사랑을 말하려 한다.

길거리 공중전화마다

가끔 발신자 이름 없이 뜨는 번호가 있으면 깜짝 놀라곤 해.
특히 061이나 063 같은 지역 번호가 뜨면 설마.. 하고 전화를 받지.
왜인 줄 알아? 혹시나 너일까 봐. 이번에도 너일까 봐
또 기대를 하는 거야.
얼마 전에 여행 가서 네가 나한테 전화했었잖아.
무전여행을 떠난 지 일주일이 지나고 이 주일이 지나도
전화 한 통 없어서 혹시 무슨 일이 있나.. 했다가도
나쁜 생각하면 안 되지.. 하면서 아무 일 없을 거라고
혼자 불안한 마음을 진정시키고 있었는데 그때 마침 전화가 왔어.

낯선 번호가 뜨면 잘 안 받는데 그땐 느낌이 달라서 받았더니

바로 너였지. 휴대전화도, 지갑도 잃어버려서 막막했는데

내 번호밖에 생각이 안 나더라고, 지금 공중전화라고..

네가 그렇게 말하는 순간 난 심장이 쿵! 내려앉았어.

오랫동안 친구로 지내면서 남자랑 여자도 친구가 될 수 있다는 걸

우리가 보여주자고 했지만, 사실 난 널 잃고 싶지 않아서

우정을 가장해 널 사랑해왔거든.

그래서 너한테 여자친구가 생겨도 난 아무렇지 않은 척했고

네가 여자들의 알 수 없는 심리에 대해서 물어오면 언제든지

좋은 친구로서 상담을 해줬어.

그런데.. 오늘 네가 날 흔들어놨어.

가만히 있는 나를, 잘 버티고 있는 내 마음을 네가 건드렸다고.

외우고 있는 번호가 내 거밖에 없다는 말이..

꼭 너한테는 나밖에 없다는 말처럼 들려서

전화 끊고 행복했다면.. 나 착각하는 거니?

길거리 공중전화마다 그 앞에 네가 서 있다.
유일하게 외우고 있는 열 개의 숫자를 순서대로 누르며
내 생각을 하고 있는 너, 너의 뒷모습이 나를 행복하게 한다.

작년 오늘은

가끔 달력을 보다가 혼자 놀라.

벌써 6월도 이렇게 다 지나가고 있구나 싶어서....

시간은 참 잘도 가는 것 같아.

봄이 지나 여름이 되더니 이젠 장마라고 하고

이러다 장마가 끝나면 한 번쯤 불볕더위가 찾아오고

또 그러다가 아침저녁으로 찬바람이 불기 시작하면서

서서히 가을이 오겠지? 그러다 겨울이 오고 또다시 봄....

그렇게 시간이 흐르고 세월이 지나면 널 잊을 수 있을까?

내 상처 따윈 아랑곳하지 않는 야속한 시간을 원망하면서

다이어리를 꺼내 봤어. 작년 오늘은 내가 뭘 하고 있었는지

궁금해졌거든. 그런데.. 금방 후회했어.

2005년 6월 23일 목요일.... 난 그때 너와 여행을 갔었더라고.

평소 내가 그렇게 가보고 싶다고 노래를 하던 수목원에,

내 소원을 풀어주러 네가 나를 데리고 갔다고 적혀 있었어.

색색의 형광 펜으로 꾸며놓은 다이어리에는

그렇게.. 너와 함께한 추억이 고스란히 적혀 있었지.

그래서 나는 다이어리를 몇 장 더 앞으로

넘겨서 너를 처음 만났을 때부터의 추억을 하나씩 돌아봤어.

너랑 나랑은 같이한 것이 참 많더라.

여행도 많이 다니고 영화도 많이 보고

맛집 찾아다니면서 맛있는 것도 많이 먹고....

불과 두 달 전으로만 돌아가도 너랑 함께한 것이 그렇게 많은데

요즘은 뭐든 혼자 해야 한다는 게 사람을 참 서글프게 하는 거 아니?

혼자 추억을 떠올리다가 억지로 마음을 다잡고

다시 현실에 적응하려고 애쓰는 내가 얼마나 안쓰러운지.. 네가 알아?

아무래도 다이어리를 그냥 버려야겠어.

갖고 있어봤자 널 붙잡지 못했던 거 후회만 할 테고

난 또 못난 짓을 하고 말 테니까.

그래. 이렇게 하나씩 정리하면서 널 잊어갈 거야.

여전히 너에 관한 기억이 많지만 언젠가는 끝이 나겠지....

♥ ♥ ♥ ♥ ♥ 나에겐 넘치는 사랑으로 오래오래
기억하겠다고 남겼던 추억의 흔적이 있다.
그러나 이제 버려야 할 때가 온 것 같다.
아픔을 간직하는 것은 어리석은 일이니까.

상큼한 과일 향기처럼

사람을 잊는다는 게 이렇게 힘든 건지 몰랐어.

누굴 잊는다는 건, 사람의 마음을 얻는 것만큼 어렵고 힘든 것 같아.

요즘은 새삼.. 너무 좋은 내 기억력이 원망스러운 거 아니?

이젠 널 잊어도 되는데..

너에 대한 건 그만 하얗게 지워버려도 되는데....

노력하면 할수록 더 뚜렷해지고 선명해지는 건 왜일까?

넌 여전히 하루에도 몇 번씩 내 머릿속에 떠올라서 나를 괴롭혀.

어쩌면 넌 영원히 내 속에 머무를 작정인가 봐.

아니면.. 나는 나름대로 널 잊기 위해 노력하고 있는데,

그게 오히려 더 널 기억하게 만드는 걸까?

회사 앞에 있는 그 식당, 우리가 자주 가던 곳 있잖아.

나는 사람들이 밥 먹으러 어디 가겠냐고 하면 거기만 빼고

다 좋다고 말해. 또 누가 차 한 잔 마시자고,

뭘 마시겠냐고 하면 과일 주스만 빼고 아무거나 좋다고 해.

과일 주스는 너랑 꼭 컵 하나에

빨대를 두 개씩 꽂고 나눠 마시던 거니까.

그런데 내가 잘못 생각했던 것 같아.

그런 것들이 너에 대한 기억만 더 깊게 새기는 거였는데....

너무 단순하게 생각했던 거지.

그래서 난 그냥 네가 생각나면 생각나는 대로,

오히려 너를 기억나게 하는 것들만 하기로 했어.

점심땐 매일 그 식당에 가서 물리도록 부대찌개만 먹고

더는 질려서 쳐다보기도 싫게 만들려고....

또 과일 주스는 냄새도 맡기 싫을 만큼 하루 종일 입에 달고 살 거야.

그러다 보면 지긋지긋하게 싫어질 때가 오겠지.

그때가 되면 널.. 잊을 수 있지 않을까?

한때 넌 나에게 과일 향기처럼 상큼했다.
그러나 이제 너와의 추억은 상큼한 향기를 내지 못한다.
네가 떠나던 날, 이미 그 의미를 잃어버린 것들을
이제는 그만.. 내 곁에서 떠나보내고 싶다.

사내 커플

아직도 휴대전화 단축 번호 1번만 누르면 네가 받을 것 같아.

그것도 아주 반갑게.... 그리고 너는 쉴 새 없이 묻겠지?

밥은 먹었냐, 메뉴는 뭐였냐, 맛은 있었냐,

또 저녁때 만나면 어떤 영화를 보고 싶은지까지....

그런데 이제는 너와 그런 유쾌한 전화 통화도 할 수가 없구나.

비가 많이 와서 서로 안부를 묻는 친구들 전화 중에

잘못 건 척이라도 해서 너에게 전화를 하고 싶지만

그저 꾹 참기만 해야 하는 현실이 싫어.

우리가 어쩌다가 이렇게 된 거지?

혼자 이런저런 생각을 하다가 결국 울어버렸어.

모든 이유는 나 때문이니까. 못난 내가 밉고 싫어서,

누구도 원망할 수 없는 게 너무 답답해서....

처음엔 사내 커플이란 거 문제될 게 없다고 생각했어.

그래서 내가 일에 서툴러 실수를 연발할 때마다

도와주고 감싸주던 네가 나에게 고백을 했을 때,

순순히 너의 마음을 받았던 거야.

아침에 나 태워서 같이 출근하다가 회사 근처에서 나를 먼저 내려주면

난 거기서부터 걸어가고 넌 바로 차 타고 출근하고,

회식이 있을 땐 사람들 눈치 봐서 시간 간격을 두고 빠져나오고,

내가 문자를 보내면 잠시 후 네 책상에서

문자를 받은 벨 소리가 울리고.... 그렇게 같은 공간 안에

나와 같은 생각을 하고 있는 네가 있다는 게 그때는 정말 행복했어.

그런데 모든 것에는 한계가 있다더니..

너와 나의 사랑도 한계를 피해 갈 수가 없었나 봐.

하나 둘 회사 사람들이 알게 되면서 그 눈들이 부담스러워서

조심하다 보니까 오해가 생겨버렸고,

난 또 홧김에 너에게 이별을 얘기했지.

그런데 사실은 나.. 정말 헤어질 마음은 아니었어.

늘 그랬듯이 내가 투정하는 거라고, 네가 그렇게 생각할 줄 알았거든.

그런데 네 입에서 진짜 헤어지자는 얘기가 나왔을 땐,

하늘이 무너진다는 게 이런 거구나.. 느꼈어.

하지만 이미 엎질러진 물은 역시 주워 담을 수가 없더라.

돌아서 버린 너의 마음을 되돌릴 방법은.. 이제.. 없는 것 같아....

사내 커플로 비밀 연애를 했던 너와 나,
그 시간이 영원할 거라고 믿었지만 결국 깨져버린 우리의 사랑....
나는 그 추억을 기억할 것이다. 너를 기다리는 내가 있는 한
내 기억은 그 시간에 머물러 있을 테니까.

어떤 봄날

오늘과 비슷한 날씨였던 것 같아.

햇살은 있는 듯 없는 듯했고,

살랑거리는 봄바람이 살짝 코끝을 싸하게 만들던,

그런 이른 봄날이었지.

덩치에 어울리지 않게 도시락을 싸 들고 와서는

동물원에 놀러 가자고 했잖아, 네가....

그런데 그때 내가 귀찮다고, 널 봐서 억지로 끌려가는 거라고

너한테 짜증 내고 심통 부렸는데,

사실은 좋으면서 괜히 그런 거였어.

그래야 한 번이라도 더, 네가 내 손을 잡으며

같이 가자고 조를 테니까.

아직도 느껴져, 따뜻했던 너의 손..

반면에 늘 차갑기만 한 내 손이 난 싫었는데,

그런 내 손을 잡아주면서 네가 그랬잖아.

손이 차가운 건, 마음이 따뜻해서 그런 거라고....

그러면서 내 손에 호호 입김까지 불어줬던 거,

난 잊을 수가 없어.

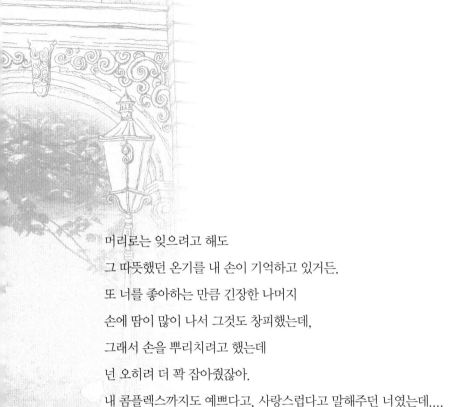

머리로는 잊으려고 해도

그 따뜻했던 온기를 내 손이 기억하고 있거든.

또 너를 좋아하는 만큼 긴장한 나머지

손에 땀이 많이 나서 그것도 창피했는데,

그래서 손을 뿌리치려고 했는데

넌 오히려 더 꽉 잡아줬잖아.

내 콤플렉스까지도 예쁘다고, 사랑스럽다고 말해주던 너였는데....

왜 지금 난 너 없이 이렇게 혼자여야 하는 걸까?

너를 기억하는 또 하나의 이름을 내 가슴에 새긴다.

따뜻했던 너의 손, 그리고 내 못생긴 손마저도

사랑스럽다고 말해주던 그 예쁜 마음은

내 가슴에 낙인처럼 찍혀 쉽게 지워지지 않을 것 같다.

사랑한나고 말했던 너 지금

좀 전에 자다가 깼어.

친구한테 문자가 왔는데 그 소리에 잠이 깨버렸지.

그런데 다시 자려고 아무리 애를 써도 잠이 오지 않아.

너 때문에....

평소에는 좋아한다, 사랑한다, 그런 말 한 번도 해본 적 없고

내가 해달라고 해도 쑥스러워 못 한다고 그걸 꼭 말로 해야 아냐고

퉁명스럽게 말하다가도

술만 마시면 넌 꼭 나한테 문자를 보냈었잖아.

사랑한다고....

더 긴 말도 없고 딱 한 마디, "사랑한다!" 그 말뿐이었지만

난 그 한 마디로 충분했어.

사랑 앞에 화려한 수식어만 붙이는 가짜 사랑보다는

너의 단 한 마디가 더 믿음직스러웠거든.

물론 지금은 그 믿음이 깨져버렸지만 말이야.

사실 좀 전에 받은 친구의 문자도 날 사랑한다는 거였어.

그런데 전혀 떨리지도 않고 놀랍지도 않아.

그저 당황스러울 뿐이고 그냥 네 생각만 날 뿐이야.

술의 힘을 빌려 용기를 낸 그 친구가 꼭 너 같고

정말 너였으면 좋겠다는 생각만 하고 있을 뿐이야.

그러다가 아직도 내 휴대전화에 저장되어 있는 너의 문자를 봤어.

비밀 번호로 잠가둔 너의 문자 메시지를 가끔 혼자

열어보곤 하는데 오늘은 벌써 두 번째 본다.

"사랑한다!"

그렇게 사랑한다고 말했던 넌데,

그런데 넌 왜 지금 내 곁에 없니?

나는 너를 하나의 문자로 기억한다.

그 한 마디에 너의 모든 것이 담겨 있다.

그래서 난.. 여전히 그 한 마디를 지우지 못하고

다시 내 마음속 자물쇠로 잠가둔다.

편안하고

달콤했고

나는 너와의 사랑이

달콤한 사과 향처럼 퍼져가길 바랐다.

그러나 향기로울 줄만 알았던 사과 향은

어느새 입속에서 쓴 맛이 되었다.

이렇게 넌 내게..

쓰디쓴 사랑으로 끝나나 보다.

너의 어깨를

기억할려-

너의 노래

오늘 라디오에서 우리의 노래가 나왔어.

네가 나만을 위해 불러주던 그 노래 말이야.

처음 만난 소개팅 자리에서 밥 대신 술을 마시자고 하더니

그 다음엔 노래방으로 날 데리고 갔던 거 기억나?

그런 널 보면서 사실 처음엔

뭐 저런 남자가 다 있나 생각도 했어.

그런데 네가 마이크를 잡고 목을 가다듬더니

살며시 눈을 감고 노래를 부르기 시작하는데

어느새 나도 모르게 환호를 보냈지.

얘기할 땐 조용조용하고 소심해 보여서 별로 매력 없었는데,

노래할 땐 얼마나 멋있어 보였는지 몰라?

게다가 그 노래, 내가 제일 좋아하는 노래였거든.

언젠가 사랑하는 남자를 만나고

그 사람이랑 결혼을 하게 된다면

꼭 그 노래로 프러포즈해달라고 말할 생각이었는데

그 노랠 네가 불러버린 거야.

그것도 우리가 처음 만난 날!

그래서 내가 더 믿었는지도 모르겠어.

우리는 운명일 거라고....

친구들은 내 사랑이 유치하대.

남자들이 여자한테 잘 보이려고 노래에 힘주는 게 뭐가 멋있냐고,

삼류 영화에나 나오는 그런 촌스런 얘기 그만 하라고.

그런데 사랑은 원래 유치한 거 아닌가?

그래, 난 유치해서 좋았어. 그 뻔한 말, 그 뻔한 노래가 좋았어.

그러니까 난 기다릴 거야. 떠난 사람 못 잊는 그런 유치한 기다림?

나한텐 그게 어울리니까.

난 유치하고 뻔한 우리의 사랑이 좋다.

남들이 비웃고 어쩌면 너마저 날 비웃는다고 해도

날 위해 불러줬던 너의 노래를 영원히 기억하기로 한다.

쓰디쓴 사랑

요즘도 아침밥 안 먹고 다니니?

나야 물론 꼭꼭 챙겨 먹고 다니지.

알잖아. 나 아침밥 안 먹으면 하루 종일 힘 못 쓰는 거.

뭐 가끔 오늘처럼 늦잠을 자서 못 먹고 나올 땐

냉장고에서 사과 하나를 들고 나와.

그리고 버스 정류장까지 뛰어가면서 먹지.

그런데 오늘 아침에 사과를 먹다가 문득 너랑 싸웠던 생각이 나.

우리 같이 배낭여행 갔을 때 기억나?

원래 여행의 목적은 적은 돈으로 알뜰하게 여행하기였는데

처음부터 먹고 싶은 거 다 사 먹어서

여행이 끝나갈 무렵에는 돈이 다 떨어졌잖아.

그런데 먹을 걸 마음대로 못 먹으니까

왜 그렇게 먹고 싶은 게 많은지....

특히 넌 사과가 먹고 싶다고 어린아이처럼 칭얼댔지

결국 사과 하나를 사서 둘이 나눠 먹으려고 했는데

네가 집에 전화한다고 전화박스에 들어갔다가

그냥 두고 나와서 그 귀한 사과 하나를 잃어버리고

그 일로 우린 싸우기까지 했어.

지금 생각하면 여행까지 가서 고작 사과 하나 갖고 싸워야 했을까

웃기기도 하고 유치하기도 하지만 그게 다 추억인 것 같아.

물론 그 추억을 지금 너랑 함께

웃으며 얘기할 수 없다는 게 아쉽지만 말이야.

어쨌든 그때 그 여행 이후론 사과만 보면 애들처럼 싸웠던

우리의 모습이 생각나서 사과 맛이 예전과는 다르게 느껴져.

오늘은 사과 맛이 참 씁쓸하다.

너에 대한 그리움이 함께 씹혀서

그 쓴맛이 목구멍에서 잘 넘어가지 않아.

나는 너와의 사랑이

달콤한 **사과 향**처럼 퍼져가길 바랐다.

그러나 향기로울 줄만 알았던 사과 향은

어느새 입속에서 **쓴맛**이 되었다.

이렇게 넌 내게..

쓰디쓴 사랑으로 끝나나 보다.

그때 많이 웃어줄걸

오늘 TV를 보다가 깜짝 놀랐어.

내 웃음소리에 내가 놀랐거든.

너도 알잖아. 평소 내가 TV를 잘 안 봐서

네가 요즘 제일 재미있는 유행어라고 내 앞에서

개그맨 흉내를 내고 웃긴 행동을 해도

절대 웃지 않았던 거.

그런데 오늘은 동생이 재밌다고 웃고 있기에

나도 그 옆에 앉아서 잠깐 봤지.

어느새 내가 소리 내어 웃고 있더라고.

만약 네가 내 모습을 봤다면

아주 많이 섭섭할지도 모를 정도로 말이야.

그땐 왜 이렇게 웃어주지 못했을까?

네가 날 위해 연습한 거라고

딴에는 열심히 흉내를 내고 있는데,

난 거기다 대고 유치하고 시시하고 재미없다는 말이나 하고,

정말 못됐던 거 같아. 그렇지?

이제는 네가 아무리 썰렁한 농담을 해도 웃어줄 수 있는데,

웃어주고 싶은데..

더 이상.. 날 웃겨줄 너는 내 옆에 없구나.

이럴 줄 알았으면 그때 많이 웃어줄걸..

네가 내 웃는 얼굴만 기억하게....

나에게 넌.. 늘 즐거운 사람이었다.

또.. 나를 웃게 하려고 무던히도 노력하던 **사람**이었다.

그러나 지금 넌.. 나를 울게 만든다.

사랑해서 웃게 하더니, 이별해서 울게 한다.

얼룩진 블라우스

아침에 뭘 입을까 옷을 고르다가 손이 멈췄어.

그 블라우스 앞에서.

너랑 헤어지던 날 입었던 그 블라우스....

기억나? 너는 싸운 뒤 연락 안 한 지 일주일 만에

전화를 해서는 할 말이 있다면서 만나자고 했고,

나는 뭔가 예감을 하고 옷을 골라 입고 나갔어.

왠지 그날이 너랑 마주하는 마지막이 될 것 같아서 나는

최대한 잘 꾸미고 나가려고 가장 여성스러운 옷을 골랐지.

그래서 입은 게 바로 하얀색 블라우스였어.

역시 불길한 예감은 늘 맞는다고 하더니 넌 나에게 이별을 얘기했고,

난 이미 예상을 했는데도 당황스러움을 감출 수가 없었어.

애써 태연한 척 행동하려고 했지만 마음을 주체하지 못하고

커피 잔을 놓쳐서 블라우스에 쏟아버리고 말았지.

그때 그 얼룩이 아직까지 남아 있어.

커피 얼룩은 잘 지워지지 않는다고 하더니

오늘 우연히 손에 걸린 블라우스에

여전히 그때의 흔적이 남아 있는데, 입을까 말까 망설였어.

아무래도 입고 나갔다가는 하루 종일 네 생각에
아무것도 못할 것 같더라고.
그런데.. 이번에도 역시 내 예상이 맞았어.
자꾸 피하는 것보단 부딪치는 게 낫겠다 싶어서
일부러 입고 나왔는데, 하루 종일
블라우스에서 그때 그 커피 향이 나는 거야.
결국 너에 대한 생각은 떨쳐버리지 못했고
오늘 하루가 어떻게 지나갔는지도 모르겠어.
시간이 흐르면, 아주 아주 많이 흐르고 나면
어느 날 문득 네가 떠올라도 아무렇지 않은 척 살 수 있을까?

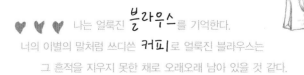

♥ ♥ ♥ 나는 얼룩진 블라우스를 기억한다.
너의 이별의 말처럼 쓰디쓴 커피로 얼룩진 블라우스는
그 흔적을 지우지 못한 채로 오래오래 남아 있을 것 같다.

마지막 선물

요즘은 사람들이 모이면 모두들 똑같이 한마디씩 해.

늘 오늘만 같아라, 입을 모으지.

춥지도 덥지도 않은 날씨, 바람도 적당히 불고,

햇살이 너무 사랑스러워서 이대로 계절이 멈춰버렸으면..

다들 바라는 것 같아. 마치 우리가 사랑할 때

이대로 시간이 멈췄으면.. 기도했던 것처럼 말이야.

이렇게 또 널 떠올렸어. 무엇을 생각하고 있었든 간에

항상 너에 대한 그리움으로 끝을 맺는 나는

오늘도 어김없이 너를 생각하며 하루를 보냈지.

너만 생각하는 이유.. 오늘은 또 왜 그랬는지 얘기해줄까?

아침에 강변도로를 달리는데 길가에

벌써 코스모스가 피어 있는 거야.

그 코스모스를 보는데 네 얼굴이 오버랩됐어.

네가 내게 내밀었던 코스모스 한 다발이 생각났거든.

매일 아침 네 차에 타면 차 안에서는 진한 커피 향이 났지.

아침에 나를 출근시켜주면서 잠이 덜 깬 나를 위해

늘 커피를 사갖고 와서 기다려줬잖아.

그런데 어느 날 차에 탔는데 네가 불쑥
코스모스 한 다발을 내게 내밀었던 거 기억나?
원래 꽃 선물 같은 거 안 하는 너였는데....
아마 그 코스모스가 네가 나한테 처음이자
마지막으로 선물한 꽃이었던 것 같아.
그래서 기억해. 특별한 선물이었으니까.
그런데 또.. 그래서 마음이 아파.
그 특별한 선물이 가을만 되면 늘 생각나서 나를 흔들어놓으니까.

나는 네가 내밀었던 **코스모스**를 기억한다.
아침 햇살에 비친 너의 환한 미소와 함께
내게 **선물**했던 코스모스 한 다발....
그 한 다발의 행복이 그립다.

97

그때, 그 노래

확실히 사람들이 휴가를 많이들 떠났는지 거리가 한적해진 것 같아.

혹시 너도 어디론가 떠날 준비를 하고 있니?

아님 벌써 떠났을까?

나는 지금 여행 가방을 꾸리고 있는 중이야.

내일 친구랑 가까운 바다로 떠날 계획이거든.

그러다가 네 생각이 났어.

나는 동아리 선배들과 뒤풀이를 하고 있었고,

넌 배낭여행 경비를 마련하는 중이라면서

우리에게 노래 신청을 받겠다고 했었잖아.

솔직히 처음엔 좀 어이가 없었어.

기타 하나를 메고 나타나서는 무작정 신청곡을

말하라고 하는 네가 참 뻔뻔해 보였지.

그런데 그게 나에겐 굉장히 인상적이었나 봐.

평소 사람 얼굴을 잘 기억하지 못하는 내가

너를 두 번째 보던 날, 바로 알아본 걸 보면 말이야.

사실 내가 너를 더 인상 깊게 기억했던 이유는,

네가 불러준 노래 때문이었어.

신청곡을 기다리며 네가 부른 노래는

내 첫사랑을 떠올리게 하는 노래였거든.

내가 신입생 때 짝사랑했던 선배가 학과 방에서

자주 불러주던 그 노래를 네가 부른 거야.

그런 너를 일주일 후 다른 가게에서 다시 보게 됐고,

나는 너에게 신청곡을 부탁했지. 그때 불렀던 그 노래를....

그런데 너도 나를 기억하고 있었다니,

너도 그 노래에 특별한 추억이 있었다니..

다시 한 번 속는 셈 치고 운명이란 걸 믿었어.

결국 또 이렇게.. 그냥 스쳐 가는 인연이 될 거란 걸 모르고 말이야.

나는 학교 앞 선술집에서 만났던 너를 잊지 못한다.

아픈 첫사랑을 떠올리게 했고,

다시 새로운 사랑을 꿈꾸게 했던 너의 노래도....

그때.. 우리 스무 살

기억을 흔적 없이 깨끗하게 지워주는 지우개가 있다면 얼마나 좋을까?
만약에 그런 지우개가 있다면 인어공주처럼
내 목소리를 팔아서라도 꼭 살 텐데....
그 지우개로 내 가슴속에 남아 있는 너를,
선명한 분홍빛 상처인 너를 깨끗하게 지우고 싶으니까.
벌써 7년이나 지났는데도 가끔 길을 가다가 멈춰 설 때가 있어.
너를 닮은 향기, 너를 닮은 뒷모습, 너를 닮은 목소리에
내 눈을 의심하고 내 귀를 의심하며 얼음처럼 굳어버리지.
그러곤 그 자리에 서서 너에 대한 기억을 떠올려.
너랑 나랑 너무너무 행복했던 시간 중에
내가 너의 목을 끌어안고 사랑을 말하던 순간을 떠올리고,
그러다 즐거운 웃음이 멈추지 않아 기가 다 빠져나가도록
행복했던 순간을 되새김질하곤 하지.
그리고 마지막 순간에는 우리가 이별을 말하던 그 장면으로
마무리를 해. 바닷가까지 가서 어렵게 안녕을 말하던 너의 입술,
내 손에 남아 있는 너의 향기, 그런 아련한 기억이
내 가슴을 툭 치고 지나가면 난 그대로 무너져버려.

그때.. 우리 스무 살....

가끔 그때를 생각하면 얼굴이 빨개지곤 해.

어른인 척 술 마시고 어른인 척 괴로워하고

어른인 척 실연의 아픔을 말하던 그때를

회상할 때마다 부끄러워지거든.

오해는 하지 마. 널 사랑했던 나를 부끄러워하는 건 아니니까.

그냥 그런 거 있잖아. 프로가 아마추어를 봤을 때 귀여운 거,

서른 살 여자가 스무 살 여자를 봤을 때 안타까운 거,

뭐 그런 마음일 거야....

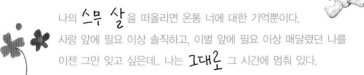

나의 스무 살을 떠올리면 온통 너에 대한 기억뿐이다.
사랑 앞에 필요 이상 솔직하고, 이별 앞에 필요 이상 매달렸던 나를
이젠 그만 잊고 싶은데.. 나는 그대모 그 시간에 멈춰 있다.

마술

오늘따라 기분이 울적해서 뭐 재미있는 일이 없을까 하고
인터넷을 돌아다녔어. 그러다가 영화나 볼까 검색해봤는데
같이 보러 갈 친구도 없고, 다시 다른 걸 찾아봤지.
그러다가 생각났어.
내가 심심해할 때면 재미있는 마술을 보여주던 너....
제일 처음 보여줬던 마술이 아마.. 동전 마술이었지?
그 다음엔 고무줄 마술도 있었고,
빈 쇼핑백에서 장미가 나오는 것도 재미있었어.
또 네가 만 원짜리 한 장을 꺼내서 두 장으로 만들어줬던 것도
정말 신기했는데.... 직접 눈으로 보고도 믿기지가 않았어.
하지만 그중에서도 반지 마술이 제일 감동적이었던 거 아니?
우리가 만난 지 천 일째 되던 날,
반지 마술로 프러포즈받았던 건 지금 생각해도 행복해.
그렇게 행복했던 우리가 지금은 헤어졌다는 게 믿기지 않을 만큼....
내가 커플링을 하고 싶다고 아무리 졸라도 서로 구속하는 거
싫다고 안 한다고 하더니, 그날 끈에 묶여 있던 반지가 사라져서
빵 속에서 나오는데 정말 감동적이었어.

사실은 그때 나 울 뻔했어.

다신 그렇게 로맨틱하고 특별한 프러포즈는 못 받을 거야.

고마워. 그런 특별한 경험을 시켜줘서....

비록 그 끝이 해피엔딩은 아니었지만, 난 알아.

그때 너의 마음은 진심이었다는 거....

C ★ 나는 마음이 울적해질 때면 네가 보여줬던 마술을 떠올린다.
그러나 그때 내가 행복했던 건 단순히 마술 때문만은 아니었다.
그만큼 나를 사랑하는 너의 마음을 느꼈기 때문이었다.

구속이란 이름으로

네가 보고 싶다고.. 네가 그립다고..
내가 그렇게 말할 순간은 오지 않을 줄 알았는데....
나도 별수 없나 봐. 한동안 꿋꿋하게 잘 사는 것 같더니
오늘 아침에 생각난 네 얼굴이 머릿속에서 떠나질 않아.
아침부터 오빠의 잔소리에 널 떠올렸어.
오늘은 기분전환 좀 해볼까 하고 무릎 위로 살짝 올라간
치마를 입었거든. 그런데 오빠가 그걸 보더니
빨리 다른 걸로 갈아입으라고 하면서 한 소리 하는 거야.
그 순간 과거에 어디서 많이 들어본 잔소리가 생각났어.
우리 연애할 때.. 네 별명이 '영감' 이었잖아.
이건 이래서 안 되고 저건 저래서 안 되고
늘 안 되는 것들에 대해서만 잔소리를 해대서
내가 붙여준 별명이었지.
무릎 위로 올라가는 치마도 안 되고,
앞이 많이 파인 옷도 안 되고,
나에 대해선 뭐가 그렇게 안 되는 게 많았는지....
그때 네가 얼마나 할아버지 같았는지 알아?

그런데.. 그때는 그렇게 영감 같아서 듣기 싫던 잔소리가
요즘은 그리워. 친구들은 옷도 마음대로 못 입는 게
답답하지 않냐고, 이젠 하고 싶은 대로 다 하라고 하지만,
그것도 마음대로 안 돼.
어느새 내가 너의 구속에 길들어 버린 걸까?
네가 곁에 없는데도 난 여전히 널 위해 살아.
네가 원하던 대로, 네가 바라던 대로....
아무래도 한동안은 내 안에 내가 없을 것 같아.
오로지 너만 담아두고 살기에도 지금은 너무.. 벅차거든.

나는 너를 구속이란 이름으로 기억한다.
그러나 그 구속은 사랑의 또 다른 이름이었다는 것을 나는 안다.
아름다웠던 그 시간.. 아름다웠던 구속으로..
나는 너를 기억한다.

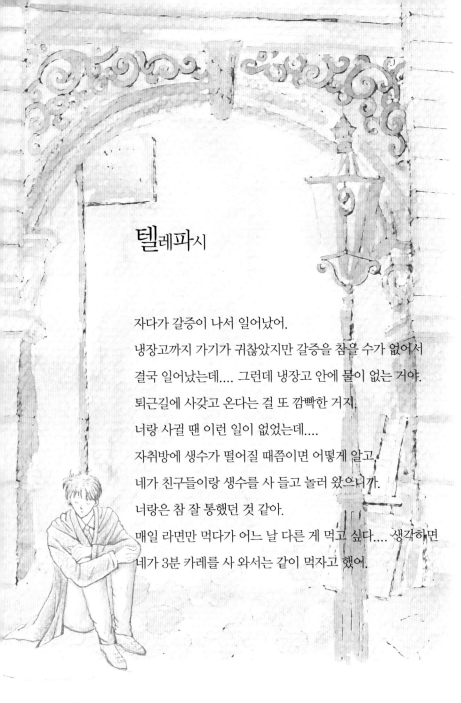

텔레파시

자다가 갈증이 나서 일어났어.

냉장고까지 가기가 귀찮았지만 갈증을 참을 수가 없어서

결국 일어났는데.... 그런데 냉장고 안에 물이 없는 거야.

퇴근길에 사갖고 온다는 걸 또 깜빡한 거지.

너랑 사귈 땐 이런 일이 없었는데....

자취방에 생수가 떨어질 때쯤이면 어떻게 알고

네가 친구들이랑 생수를 사 들고 놀러 왔으니까.

너랑은 참 잘 통했던 것 같아.

매일 라면만 먹다가 어느 날 다른 게 먹고 싶다.... 생각하면

네가 3분 카레를 사 와서는 같이 먹자고 했어.

또 도서관에서 공부하다가 시원한 홍차가 생각나서

너한테 문자를 보내면 마침 너도 편의점에 다녀오는 길이라며

전화가 왔지. 공부하다가 졸려서 커피나 마실 겸 나왔는데

커피보다 홍차에 먼저 손이 가서 두 개를 사서

도서관으로 오고 있는 중이라고 말이야.

이런 걸 텔레파시라고 하는 거라고, 우리는 너무 잘 통한다고

친구들도 부러운 눈길로 쳐다보곤 했는데..

그래서 우린 영원히 서로의 마음을 잘 이해해주면서

오래오래 사랑할 수 있을 줄 알았는데....

그런데 그 텔레파시가 헤어지는 순간까지 통할 줄.. 누가 알았겠어.

어느 순간 네가 예전과 달라졌다는 걸 느꼈어도

그냥 모른 척했어야 했는데....

너무 솔직했던 너도, 너를 너무 이해했던 나도.. 지금은 너무 밉다.

나를 힘들게 하는 네가.. 이젠 정말 싫어....

나는 지금 너에게 텔레파시를 보내고 있다.

여전히 우리가 통하길 바라며.. 네가 다시 돌아오길 바라며....

그러나 넌 이미 너무 멀리 가버렸는지 아무런 대답이 없다.

남겨진 너의 흔적

친구랑 전화 통화를 하다가 급하게 번호 하나를 받아 적을 일이 있었어.

그런데 연필꽂이에 꽂혀 있는 볼펜 중에

제대로 써지는 펜이 하나도 없는 거야.

그냥 꽂아두기만 하고 정리를 안 했더니 버릴 게 더 많더라고.

그래서 연필꽂이에 있는 펜들을 쏟아봤어.

그리고 쓸 만한 것과 버릴 것을 구분하기 시작했는데....

그러다가.. 오빠 생각이 났어. 내가 어렸을 때

우리 앞집에 이사를 왔던 중학생이었던 오빠,

몽당연필을 좋아하던 오빠가 생각났지.

그때 수재들만 들어간다는 중학교에 다니는 오빠가

이사를 왔다고 엄마는 내 공부를 오빠에게 봐달라는 부탁을 했고,

그래서 우린 매일 오후에 한 책상에 앉아 공부를 하게 되었잖아.

그때 내 눈에 참 신기한 게 있었어. 오빠가 썼던 몽당연필, 기억나?

나 같으면 이미 버리고도 남았을 길이의 연필을

끝까지 버리지 않고 볼펜에 끼워 썼던 거 말이야.

어린 마음에 오빠가 가난해서 연필을 못 사는 줄 알고

딴에는 생각한답시고 오빠 필통을 새 연필로 가득 채워놨는데,

오빠는 그런 내가 귀엽다고 머리만 쓰다듬어주곤

웃으면서 새 연필을 내게 그냥 돌려줬지.

그날 내가 얼마나 울었는지 알아?

오빠가 나를 싫어해서 돌려준 거라고 생각했기 때문에 많이 울었어.

그래서 며칠 동안 오빠네 집에 공부하러 가지도 않다가

결국 오빠가 보고 싶어서 숙제를 챙겨 오빠 집에 가려고 했는데,

엄마가 나를 붙잡고 하시는 말씀에 난 또 울음을 터뜨렸어.

글쎄 아침에 오빠가 이사를 갔다는 거야.

내게는 한마디 말도 없이 훌쩍 이사를 가버리다니....

믿기지가 않았지. 그래서 정말 오빠가 떠난 건지

내 눈으로 확인을 해보려고 오빠네 집에 들어가 봤어.

그런데 바닥에 오빠가 쓰다 만 몽당연필 한 개가 떨어져 있는 거야.

그걸 주워서 한참 동안 내 필통 속에 간직했어.

그날 이후로 혼자서 얼마나 가슴앓이를 했는지,

어린 나이에 너무 아픈 경험을 했던 것 같아.

그때의 상처가 너무 커서 지금까지도 사랑에 자신 없어한다면..

오빠가 책임감을 좀 느낄까?

빈 방 안을 굴러다니던 몽당연필 한 개, 남겨진 너의 흔적이 반가웠다.
그러나 그것은 버려진 흔적에 지나지 않을 것이다.
어쩌면 넌.. 기억조차 하지 못할 테니까....

눈물을 보이는 남자

요즘 거의 매일 밤 아버지 술상을 봐드리고 있어.
회사 일이 많이 힘드신지 퇴근할 때마다
막걸리를 자주 사갖고 들어오시더라고.
혼자 드시게 하는 게 왠지 마음이 짠해서
옆에서 말동무를 해드리는데.. 가끔 네 생각이 나.
내가 술 마시고 싶다고.. 누구한테 속 시원하게
얘기를 하고 싶어도 할 사람이 없다고 하면..
네가 언제나 그랬잖아. 네가 있는데 왜 고민하냐고..
왜 다른 사람을 찾냐고....
난 그 한마디에 모든 걸 너에게 털어놨지.
하나의 비밀도 없이 내 속마음을 다 얘기했던 것 같아.
내 눈에 넌 남자가 아니었으니까.
그냥 편한 친구로밖에 생각하지 않았으니까.
네가 내 마음 너무 잘 알 것 같다고,
너도 누군가를 짝사랑하고 있다고 말했을 때
설마 그 누군가가 나일 거라곤 꿈에도 몰랐으니까.
난 네가 내 마음 다 이해한다면서 눈물 흘리는 나를

꼭 안아줬을 때 너의 품이 정말 따뜻하다고 생각했어.

내 눈물이 멈출 때까지 등을 토닥토닥 두들겨주는

너 같은 친구가 곁에 있어서 참 다행이라고 생각했지.

그런데 그때 너도 울고 있었구나.

내가 울 때 너도 같이 울었던 거야.

내가 다른 사람 때문에 눈물 흘릴 때,

넌 나 때문에 눈물을 흘리고 있었다니....

아무것도 모르고 너한테 기댔던 거 미안해.

다시는 네 앞에서 눈물 보이지 않을게.

네 앞에선 씩씩하게 웃기만 할 거야.

하지만 나 때문에 눈물 흘렸던 너는 잊지 못할 거야.

내가 뭐라고.. 나 같은 거 때문에 눈물을 보이는 남자는

네가 처음이자 마지막일 테니까....

나는 네가 흘린 눈물을 기억할 것이다. 그리고 기도 할 것이다.
날 위해 흘렸던 눈물만큼 더 값진 사랑으로 행복해지기를....
넌 충분히 그럴 자격이 있으니까....

나를 담아낸 너의 그림

아침부터 설레는 풍경을 봤어.

다들 배낭 하나씩 메고 한 손에는 커다란 화판도 하나씩 들고..

스케치 여행을 가는 학생들 같더라고.

그런데 그 학생들 틈에 너랑 내가 보였어.

빨강 노랑 알록달록한 모자 티를 입고 손에는 화판 하나씩 들고

스케치 여행을 떠나기 위해 기차를 기다리는 모습,

그때의 설렘까지 생생하게 떠올랐어.

우리 같이 학원 다닐 때 친구들이랑

한 달에 한 번씩 스케치 여행 갔었잖아.

나는 그중에서도 여수에 갔던 일이 제일 많이 생각나.

나랑 친구들은 다 풍경화를 그리고 있어서 너도 당연히

그런 줄 알았는데 넌 내 옆에서 나를 그리고 있었잖아.

자꾸 쳐다보는 너의 시선을 느꼈지만

네가 그리고 있는 그림이 내 뒤의 풍경일 거라고 생각했지,

설마 나를 그리고 있을 거라곤 생각 못 했어.

그런데 네가 다 완성했다면서 보여준 그림에는 내가 있었지.

그때 얼마나 행복했는지 몰라. 그림 선물은 처음 받아본 거였거든.

그것도 내가 사랑하는 남자한테 받는 그림 선물은

꿈에도 생각 못 해본 거였어.

그 그림.. 지금 내 방 한쪽 벽에 걸려 있어.

가끔 그림을 보고 있으면 나는 네가 되는 것 같아.

네가 본 내 옆모습은 저랬구나.. 하면서 난 또 네 생각을 하거든.

그러다가 길을 지날 때면 주변을 둘러봐.

혹시 어디선가 나를 향하는 시선은 없는지,

나 모르게 여전히 네가 날 바라보고 있는 건 아닌지....

물론 그때마다 나만의 착각이라는 걸 다시 한 번 확인하지만....

나는 너의 그림을 기억한다.
아름답지 않은 나를 아름답게 담아낸 너의 그림,
부족한 나를 완벽하게 그려준 너의 그림을
나는 가슴으로 기억할 것이다.

비 오는 날 우산 속

비가 오는 퇴근길이면 나도 모르게 자꾸 두리번거려.

혹시라도 네가 기다리고 있을까 봐.

오늘도 그때처럼 네가 불쑥 나타나서 우산을 씌워주는 건 아닐까..

기대를 하게 되거든.

그래서 가끔은 일부러 우산을 회사에 두고 퇴근할 때도 있어.

웃기지? 한심하지?

그래. 그게 나야. 누가 보면 웃을지도 모르고,

누가 보면 한심해 할지도 모르는 일을 지금 내가 하고 있어.

너 때문에....

비가 오는 날이면 학교 앞에서, 아르바이트하던 가게 앞에서,

또.. 도서관 앞에서 예고 없이 불쑥 나타나서

날 기다리고 있던 너 때문에 내가 이렇게 돼버렸어.

난 지금도 그때 비 오던 날의 풍경을 잊을 수가 없어.

한참을 걸어서 버스 정류장에 왔을 때 한쪽 어깨가 젖어 있던

네 모습, 그렇게 젖은 채로 손수건을 꺼내선

내 머리에 묻은 물기부터 닦아주던 네가

얼마나 따뜻하게 느껴졌는지 몰라.

그랬던 네가 왜 날 떠난 걸까? 누구보다 따뜻하고 자상했던 네가

어떻게 그렇게 차갑고 냉정하게 떠나버릴 수 있었던 건지....

난 아직도 이해가 안 돼. 믿을 수가 없어.

하지만 한 가지만은 끝까지 믿을 거야.

오랫동안 연락이 없던 너와 학교 앞에서 마주친 날,

그날의 만남이 우연이었든, 아님 네가

작정하고 날 기다린 거였든 이제는 상관없어.

우연이었다면 운명이라고 믿을 거고,

작정하고 기다린 거였다면 너의 마음을 믿으면 되니까.

비가 오는 날이면 늘 우산을 들고 나를 기다리던 너를 기억한다.

너와 함께였던 우산 속이 그 어느 곳, 그 어떤 시간보다

행복했음을.. 나는 기억할 것이다.

보물찾기

회사에서 일을 하던 중이었어.

친구가 메신저로 말을 걸더니 이번 주말에

초등학교 동창회를 하니까 나오라고 하는 거야.

그렇게 시작된 수다가 너에 대한 추억까지 떠올리게 했어.

친구가 먼저 네 이름을 얘기하면서 너도 올지 모르니까

꼭 같이 가자고, 보고 싶지 않냐고 그러잖아.

사실 궁금하고 보고 싶고

정말 네가 온다면 좋겠다는 생각을 하고 있었는데

친구가 네 이름을 얘기할 때

마음을 들켜버린 것 같아서 처음엔 모른 척했어.

네가 누군지 잘 기억이 안 난다고 말이야.

그런데 친구가 그 얘길 꺼내서 더는 모른 척하지 못했어.

그때 있잖아. 우리 소풍 가서 보물찾기 했을 때,

내가 쪽지를 두 개 찾았는데, 그중 하나를

너한테 줘서 친구가 삐쳤던 일, 기억나?

그때 내가 준 쪽지, 네가 받지도 않고 퉁명스럽게 그냥 가버려서

그날 집에 가서 내가 엄청 많이 울었거든.

그때 일을 친구가 기억하고 있지 뭐야.

그 얘기에서 너에 관한 얘기로 친구랑 한참 동안 수다를 떨었어.

키가 컸고, 잘생겼었고, 늘 옷에서 향긋한 냄새가 났고,

그래서 여자 아이들한테 인기가 참 많았었다는 얘기도 했고,

또 운동회 날에 나는 여자 대표,

너는 남자 대표로 계주를 뛰었던 것도 얘기했어.

그러고 보니까 너에 대한 기억이 참 많더라고.

하지만 너도 나만큼 나에 대한 기억을 갖고 있을 것 같지는 않아.

6학년 때 내가 전학을 가는 바람에 너랑 같이 졸업 사진도 찍지 못했으니..

넌 내 얼굴도, 내 이름도 이미 잊어버렸을 것 같거든.

어때? 넌 날.. 얼마나 기억하니? 내가 기억나기는 하니?

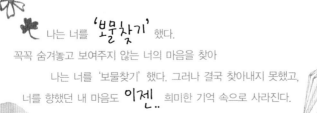

나는 너를 '보물찾기' 했다.
꼭꼭 숨겨놓고 보여주지 않는 너의 마음을 찾아
나는 너를 '보물찾기' 했다. 그러나 결국 찾아내지 못했고,
너를 향했던 내 마음도 이젠.. 희미한 기억 속으로 사라진다.

너의 빨갛던 두 뺨

오늘 회사에서 회식을 했어.

너랑 헤어진 이후로는 일부러 사람들이랑

자주 어울려 시간을 보내려고 노력하고 있거든.

왜 그런 말 있잖아. 사람한테 상처받은 건

사람한테 치유받아야 한다는....

그래서 요즘 회식에는 빠지지 않고 잘 참석하고 있어.

그런데 오늘 선배 언니 한 명이 급하게 마시더니 금방 취해버린 거야.

그래서 그 선배 남자친구한테 내가 전화를 했어.

좀 데리러 와달라고....

그런데 너도 알잖아. 우리 회사 사람들 짓궂은 거.

선배 남자친구가 왔는데 그냥 보낼 수 없다고 술을 주는 거야.

그 남자, 자기 여자친구 상사들이 주는 술인데 어떡하겠어.

운전해야 되는데, 하면서도 받아 마시더라고. 딱 한 잔!

정말 더 마시라고 할 수도 없었어.

얼굴이 너무 빨개져서 아무도 더 권할 수가 없었지.

그 순간.. 난 네가 생각났어.

우리 첫 엠티 갔을 때 게임하다가 벌칙으로 술 마셨잖아.

그런데 네가 술도 못 마시는 주제에

내 흑기사까지 자청해서는 소주 세 잔을 넘기지 못하고

그대로 쓰러져 버렸지.

첫 잔에 얼굴이 빨개져서 힘들어하는 게 보이는데도

굳이 괜찮다고 우기더니 결국 쓰러진 네가

너무 약해 보이고 시시해 보였는데..

나중에는 그런 모습이 순수해 보인다고 너를 좋아했지.

변덕쟁이처럼....

그런데 요즘 그 변덕이 다시 살아나서 날 괴롭혀.

네가 붙잡을 땐 싫다고 뿌리쳐 놓고,

이제 와서 너한테 돌아가고 싶은 마음은 또 뭔지..

이 변덕을 어떡하면 좋을까?

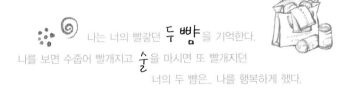

나는 너의 빨갛던 두 뺨을 기억한다.
나를 보면 수줍어 빨개지고 술을 마시면 또 빨개지던
너의 두 뺨은.. 나를 행복하게 했다.

편안하고 **따뜻**했던 그 어깨

오랜만에 영화관에 갔어.

너랑 헤어진 지 얼마 안 됐을 때 친구랑 영화관에 갔는데,

너랑 같이 갔던 생각이 자꾸 나서 힘들더라고.

그래서 한동안 영화관에 안 갔거든.

그런데 시간이 꽤 흘렀으니까 괜찮을 것 같기도 하고,

친구가 꼭 보고 싶은 영화가 있다고 해서 그냥 갔어.

표를 사고 팝콘도 사고 콜라도 하나 사고,

거기까진 아무렇지 않았어.

영화 시간이 되고 영화관으로 들어가서 자리를 확인하고

영화가 시작된 후까지 잘 넘어가나 싶었지.

그런데 한 20분쯤 지났을까? 앞에 남녀 커플이 앉아 있었는데

여자가 남자의 왼쪽 어깨 위에 머리를 기대는 거야.

그러더니 그대로 영화를 보더라고. 한참 동안을....

그 모습을 본 친구가 내게 귓속말을 했어.

목 아플 텐데 잘도 참고 있다고....

그래서 내가 그랬어. "나도 저랬었는데...."

그래 맞아. 우리도 그랬었어.

영화관에 가면 늘 내가 네 어깨에 기대서 영화를 봤잖아.

앉은키가 커서 높이도 딱 적당했던 너의 어깨는 너무 편했어.

너무 편해서 가끔은 기대서 영화를 보다가

잠이 든 적도 있었는데.. 혹시 알고 있었니?

시간이 지난 만큼 이젠 아무렇지 않을 줄 알았는데....

그래. 잘 참아볼게.

마지막까지 널 실망시키고 싶진 않으니까....

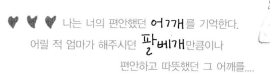

♥ ♥ ♥ 나는 너의 편안했던 어깨를 기억한다.

어릴 적 엄마가 해주시던 팔베개만큼이나

편안하고 따뜻했던 그 어깨를....

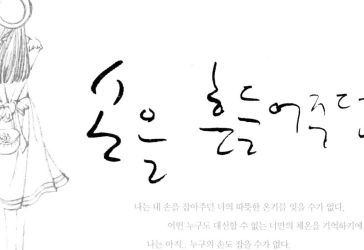

손을 흔들어주던

나는 내 손을 잡아주던 너의 따뜻한 온기를 잊을 수가 없다.
어떤 누구도 대신할 수 없는 너만의 체온을 기억하기에
나는 아직.. 누구의 손도 잡을 수가 없다.

너의 모습을
기억한다—

내 손을 잡아주던

방금 종이에 손을 베였어. 사무실에서 복사를 하는데
복사기에 종이가 걸린 걸 천천히 빼지 못하고 급하게 잡아 빼다가
종이에 손을 베이고 피를 보고 만 거야.
뭐 자주 있는 일이라 당연한 듯이 내 자리로 돌아와서
늘 준비해 갖고 다니는 연고를 꺼내 바르고 밴드도 붙였어.
그런데도 자꾸 손가락이 쓰라려서 호호 입김을 부는데..
네 생각이 났어.
옛날에 하도 잘 다쳐서 손에 밴드가 붙어 있지 않은 날이 없는
날 보면서 네가 엄청 구박했잖아.
여자 애가 칠칠치 못하게 만날 다치고 다닌다고.
그래놓곤 내 손가락을 네 입 가까이에 갖고 가서는
따뜻한 입김을 불어줘서 그전에 네가 날 구박했던 건
싹 잊어버리게 했지.
그렇게 넌 나한테 참 자상한 사람이었어.
가끔 내가 소화가 잘 안 된다고 하는 날이면
엄지랑 검지 사이를 꾹꾹 눌러줬던 것도 생각난다.
사실은 그 느낌이 좋아서 체하지도 않았는데

일부러 체한 척 한 적도 있었어.

그런데 요즘은 정말 소화가 잘 안 돼.

늘 답답하게 가슴에 뭔가가 꽉 막혀서 내려가질 않는데..

아마도 이거.. 너인 것 같아.

널 잊겠다고 옛 추억을 무작정 삼켜버렸더니

그대로 네가 가슴 안에 머무른 채 내려가지 않아.

아무래도 이대로 그냥.. 널 가슴에 묻고 살아야 할까 봐.

나는 내 손을 잡아주던 너의 따뜻한 온기를 잊을 수가 없다.

어떤 누구도 대신할 수 없는 너만의 체온을 기억하기에

나는 아직.. 누구의 손도 잡을 수가 없다.

내 사랑의 **통증**

요즘 TV를 켜도 라디오를 켜도 온통 월드컵 애기고

회사에서도 밖에서도 두 사람 이상 모이면 월드컵 애기만 하고

여길 둘러보나 저길 둘러보나 모두 다 축구 애기뿐이야.

물론 그때처럼 네가 내 곁에 있다면

나도 다른 사람들처럼 흥분하고 즐거워하고 그러겠지.

그런데 단지 네가 없을 뿐인데

너 하나 없다고 난 하나도 즐겁지가 않아.

오히려 사람들이 들뜰수록 내 마음은 한없이 가라앉아 버려.

난 요즘 TV를 켜기가 무서워. 수시로 4년 전에 많은 사람이

거리로 나와서 응원하던 모습을 보여주면서

그때의 애기를 하는데, 나한테는 그게 고문이거든.

4년 전 애기를 하다 보면 너랑 같이

응원하던 기억밖에 없으니까.

넌 축구 룰에 대해서 하나도 모르는 나한테

한 번도 귀찮아하지 않고 설명해줬고,

같은 질문을 몇 번씩 하고 또 해도 화내지 않고 대답해줬잖아.

또 스페인과 8강 경기가 있던 날에는

빨간 티셔츠를 맞춰 입고 야구장 대형 화면을 통해 보면서

같이 응원도 했고, 또.. 그때 그 통장도 아직 그대로 있거든....

4년 후에는 꼭 같이 독일 가서 응원하자면서

너랑 나랑 적금 들었던 거 말이야.

나 그거 지금까지 갖고 있었어.

혹시나.. 하는 희망을 버리지 않고.. 바보같이....

일부러 갖고 있으려고 한 건 아닌데 그냥 그렇게 됐어.

그런데 어느새 4년이란 시간이

이렇게 훌쩍 지나가 버린 것도 몰랐어.

나.. 정말 미련하지?

어쩌면 내 사랑의 통증은 4년마다 점점 더 심해질지도 모르겠다.

모두가 대한민국을 외칠 때, 나는 너의 이름을 부르며

그때의 그리움으로 아파할지도.. 모르겠다.

너의 노트

요즘 공부는 잘돼? 군대 제대하고 복학해서

공부 열심히 한다는 얘기 들었어.

후배들한테 우습게 보일까 봐 공부만 한다며?

너답다. 승부욕 강하고 욕심 많고

뭐든 완벽하게 잘하려고 하는 사람....

그런 너랑 사귀면서 힘들지 않냐고 친구들은 나더러

너무 좋아하지 말라고 했지만 친구들이 모르고 하는 말이었지.

네가 나한테만큼은 세상에서 가장 자상한 사람이었다는 걸 말이야.

나를 위해서라면 넌 못 할 게 없는 사람이었다는 걸 말이야.

친구들은 네가 이기적인 사람 같다고 나한테 잘해주긴 하냐고

의문을 갖고 물었는데 그때 내가 보여준 게 있어.

그 노트 기억나?

중간고사 앞두고 내가 아파서 며칠 동안 학교에 못 갔을 때

넌 네 강의를 빠지면서까지 내 수업은 꼬박꼬박 듣고

노트 필기까지 해서 나한테 줬잖아.

그걸 보여주면서 네가 날 얼마나 챙겨주고 잘해주는지 자랑을 했거든.

그랬더니 지지배들 아무 말도 못 하고

부러운 눈빛으로 날 쳐다보더라.

그땐 정말 네 덕분에 친구들 앞에서 어깨에 힘주고 다녔는데….

요즘은 너 때문에 대학교 때 친구들 만나기가 싫어.

내가 네 얘길 하는 게 얼마나 힘든 일인지 애들은 짐작도 못 해.

안다면 그렇게 날 괴롭힐 순 없겠지.

넌 괜찮니? 나에 관해 묻는 친구들 때문에 힘든 건 아니지?

네가 나에게 준 것은 단순한 노트가 아니었다.

그 속에는 너의 사랑이 있었다.

빼뚤빼뚤 못 쓰는 글씨지만 정성스럽게 쓴 너의 사랑은

영원히 지워지지 않을 것이다.

소요산, 첫눈

난 너를 생각하며 계절을 앞서 가.

너를 떠올리다 보면 난 어느새 겨울 여자가 되어 있거든.

우리의 추억.. 그때가 겨울이었으니까.

소요산 기억나? 거기서 첫눈 맞았던 거....

동아리 사람들끼리 엠티를 갔었는데 그때 막걸리를 처음 마셔본 내가

주량도 모르면서 맛있다고 먹다가 취했잖아.

그리고 결국 정신을 못 차리고 잠이 들어버렸었지. 다음 날 아침에

모두 산에 올라간다고 날 깨웠는데, 난 아침까지 도저히 정신을

차릴 수가 없어서 계속 누워 있었어. 그런데 그때 한 선배가

누구 한 사람이 남아서 나랑 같이 있어줘야겠다고 했더니

네가 번쩍 손을 들었어. 네가 남아서 지켜주겠다고....

그때 그 말을 듣는데 느낌이 묘했어. 지켜준다.. 누가 나를

지켜준다는 말은 처음 들어본 거라서, 뭐라 설명할 순 없지만

어쨌든 그때 살짝 가슴이 떨렸던 기억이 나.

그러는 중에 사람들은 모두 산에 가고 너랑 나, 둘이 남았는데

네가 너무 조용한 거야. 간간이 부스럭대는 종이 소리만 날 뿐이었지.

난 네가 뭘 하는지 궁금해서 실눈을 떠봤어.

그런데 넌 정말 날 지키고 있었어.

책을 읽다가 내가 뒤치락거리면 이불을 살펴주고

다시 책을 읽고.. 그러다 또 한 번 나를 살펴보고....

그렇게 넌 정말 나를 지켜주고 있었어.

그때 그 모습.. 잊지 못해. 속 풀라고 해장국도 끓여주고,

또 술에 취한 모습 보인 걸 내가 창피해할까 봐

그것도 먼저 배려해서 너도 기억나는 게 없다고 말해주고....

그런 고마운 마음을 어떻게 잊겠어?

너.. 이번 첫눈 오는 날엔 뭐 할 거니?

우리.. 소요산에 가보지 않을래?

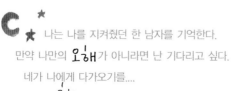

나는 나를 지켜줬던 한 남자를 기억한다.
만약 나만의 오해가 아니라면 난 기다리고 싶다.
네가 나에게 다가오기를....
첫눈이 내리는 날, 그때처럼 우리가 함께하기를....

내 눈엔 특별한 사람

모처럼 집에서 쉬게 된 주말에

여전히 할 일 없이 TV를 보고 있었어.

아침을 일찍 먹어서 그런지 배도 출출하고 입도 심심해서

동생하고 같이 내가 좋아하는 모카빵을 사다 먹었지.

그런데 같이 먹던 동생이 갑자기 짜증을 내는 거야.

건포도만 빼놓고 먹으려면 뭐 하러 모카빵을 샀냐고.

아무 생각 없이 빵을 먹다가 그 얘길 듣고 봤더니

정말 내가 한쪽에 건포도만 골라놨더라고.

이럴 때 선배가 옆에 있었다면

내가 골라내는 대로 다 먹어줬을 텐데,

나 어렸을 때 우리 아빠가 그랬던 것처럼

내가 골라놓은 건포도를 다 먹어줬을 텐데.. 생각했어.

기억나? 우리 처음 과 방에서 만났던 날 말이야.

공강 시간 때우면서 내가 친구들이랑 빵을 먹고 있는데

선배가 들어왔어.

그러곤 내가 골라놓은 건포도를 다 먹어버리는데

친구들은 뭐 저런 사람이 다 있나, 하는 눈빛으로

선배를 이상하게 쳐다봤지.

그런데 역시 사랑을 하려면 눈에 콩깍지가 씐다더니

그때 내가 그랬던 것 같아. 그런 선배가

내 눈엔 별난 사람이 아닌 특별한 사람으로 보였거든.

그때 생각했어. 짚신도 짝이 있다는 말이

우리 때문에 생긴 게 아닌가.. 하고.

물론 지금은 한 짝을 잃어버린 지 한참이 지났는데도

새것을 사지 못하고 무작정 기다리고 있지만 말이야.

♥ ♥ ♥ ♥ ♥ 반찬 투정을 하는 **아이** 같다고 모두가

나를 향해 눈살을 찌푸릴 때, 웃어주는 네가 있었다.

내 부끄러운 **습관**까지 사랑스럽게 봐주던 너를..

나는 오래오래 잊지 못할 것 같다.

내 인생의 비타민

넌 요즘 아픈 데 없니?

아픈데도 약 먹기 싫다고, 주사 맞기 싫다고

꾹꾹 참고 있는 건 아닌지 걱정돼.

내가 옆에 있으면 다 챙겨줄 텐데....

난 요즘 감기 때문에 좀 힘들어.

감기약에 취해 하루가 어떻게 가는지도 모를 정도야.

그런데 오늘은 한 후배 때문에 잠깐 행복했어.

아침에 출근을 했는데 내 책상 위에 예쁜 리본이 달린

노란 상자 하나가 있더라고.

쪽지가 붙어 있기에 읽어봤더니 후배가 갖다 놓은 거였어.

감기 때문에 고생하는 것 같은데 비타민 먹고 힘내라고 써 있었지.

비타민 하나를 뜯어서 입속에 털어 넣는데,

그 순간.. 네 생각이 나더라.

너도 내가 감기 걸려서 아파하면 비타민부터 챙겨줬었잖아.

겨울엔 옆에서 귤을 까주면서 계속 먹게 했고....

그땐 네가 챙겨주는 게 너무 고마워서 다 먹긴 했는데

사실은 나.. 신 거 잘 못 먹어.

네가 먹여주는 게 좋아서 가만히 있었던 거야.

지금? 지금은 아주 잘 먹지. 네가 그렇게 습관을 들여놨잖아.

그런데 너.. 너무 무책임하다는 생각 안 드니?

좋아하는 음식도, 즐겨 듣는 노래도 다 너한테 맞게 길들여 놓고

이렇게 떠나버리면 어떡해?

난 아직 상상이 안 돼.

내가 너 아닌 다른 사람을 사랑할 수 있을까?

너는 내 인생의 비타민이었다.
내가 아플 때면 곁에서 챙겨주던 너의 자상함은
나를.. 아파도 아프지 않게 했다.
단지 내가 너에게 아무것도 되어주지 못한 것이
아쉬울 뿐이다.

우리도 그릴 때가 있었는데

너 요즘도 그렇게 많이 먹니?

빵 말이야, 곰보빵.

우리 고등학교 1학년 때 수학여행 갔을 때

네가 앉은자리에서 특별한 장기를 보여주겠다며

곰보빵 여덟 개를 먹어치웠잖아.

오늘 갑자기, 그렇게 엉뚱하게 웃겼던 네가 생각났어.

사무실 친구가 요즘 취미로 빵 만드는 걸 배우러 다니는데

어제 곰보빵을 만들었다면서 오늘 갖고 왔더라고.

그런데 옆에 있던 남자 직원이 "그래요~?" 하고는

몇 개를 한꺼번에 먹는데 어디서 많이 본 그림이다 했더니

그때 네가 그랬던 거였어.

그런데 그 남자 직원은 세 개쯤 먹더니 그 이상은 못 먹더라.

사실은 그 남자.. 내 친구를 좋아하거든.

그래서 그렇게 몇 개씩 먹으면서 맛있다고 칭찬을 했던 거지.

원래 여자들이 칭찬에 약하잖아.

어쨌든 그 커플은 요즘 서로를 향해 마음을 열어가고 있는 것 같아.

그 모습 보니까 우리도 한때 저럴 때가 있었는데.. 싶더라.

친구가 연결해준 소개팅 자리에서 고등학교 동창생인 널 만나고

그게 운명이라고 믿고 예쁘게 사랑했던 그때,

그땐 우리도 좋았잖아, 안 그래?

물론 지금은 보고 싶어도 보고 싶다고 말할 수도 없을 만큼

많은 시간이 흘렀지만 말이야.

그런데 너.. 아직 혼자니?

아니면 나한테만 웃어주던 얼굴로 다른 사람을 바라보고 있니?

나는 너를 내 첫사랑으로 기억한다.

사춘기 시절 나를 웃겼던 개구쟁이 친구로,

그리고 스무 살 무렵 운명처럼 재회했던 너로....

그러나 이제 여기서.. 너에 대한 나의 기억의 문을 닫는다.

특별한 데이트

오늘도 너를 생각했어.

늘 가슴 한구석에 숨어 있다가 불쑥불쑥 튀어나오는 너를,

나는 오늘도 역시 무시하지 못했어.

어떤 라디오 프로그램을 듣던 중이었어.

건강이 좋지 않아서 수혈이 필요한 친구를 둔

청취자의 사연이었는데 친구를 도와주고 싶다며

헌혈증을 보내주면 고맙겠다는 내용이었지.

DJ도 감동을 받았는지 애틋한 목소리로 부탁을 하더라고.

프로그램 앞으로 헌혈증을 좀 보내달라고....

그래서 찾아본 거야. 너랑 함께 헌혈했던 게 생각났거든.

기억나니? 우리는 만나기만 하면 뭔가 특별한 추억을

만들어야 한다면서 남들과 다른 데이트를 하자고 했었잖아.

그중에서도 특별히 기억에 남는 것이 바로 헌혈을 하고

공짜 영화 표를 받아서 영화를 봤던 일이야.

좋은 일도 하고 공짜로 영화도 보고 일석이조의 데이트였지.

그래서 너에게 참 고마워. 헌혈도 처음으로 해봤고,

헌혈하면 주는 그 빵.. 그게 그렇게 맛있는지도 처음 알았고,

내가 누군가에게 도움을 줄 수 있다는 것도 처음 알았거든.

그런데 고마운 만큼 미울 때도 있어.

그 많은 것을 떠올리다 보면 너를 생각하지 않는 시간이 없으니까.

너 때문에 다른 건 아무것도 못할 때가 많으니까.

난 이렇게 너 때문에 이러지도 저러지도 못하고

갈림길에서 헤매고 있는데.. 넌 참 냉정하구나.

어떻게 단 한 번도 뒤돌아보지 않을 수가 있니?

정말 우리 사랑이 아무것도 아니었던 거야?

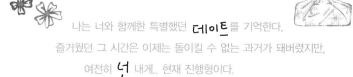

나는 너와 함께한 특별했던 데이트를 기억한다.

즐거웠던 그 시간은 이제는 돌이킬 수 없는 과거가 돼버렸지만,

여전히 넌 내게.. 현재 진행형이다.

네가 좋아했던 분홍색 티셔츠

오늘 이삿짐을 싸다가 너랑 있었던 추억 하나를 발견했어.

낡고 오래된 옷은 버리고 가려고 옷장 정리를 하는데

그 속에서 그 티셔츠가 나온 거야.

지난 3월쯤 대충 겨울옷을 정리해 넣고 봄옷을 챙길 때

불쑥 생각이 나서 뒤져보긴 했었는데 그땐 나오지 않더니

오늘 내 눈앞에 나타나더라고.

지금은 소매가 낡고 해져서 입고 다니긴 민망해진 티셔츠....

그 분홍색 라운드 티, 기억나? 네가 좋아했던 옷이잖아.

네가 나한테 제일 잘 어울린다고도 했었어.

우리가 사귄 지 꽤 시간이 흘렀을 땐데 네가 그랬어.

네가 나를 보고 첫눈에 반했을 때 내가 그 옷을 입고 있었다고..

내가 너를 향해 인사를 하는데 그 모습이 참 예뻤다고....

그 뒤로 너한테 예쁘게 보여야 하는 날이면

꼭 그 옷을 입고 나갔던 것 같아.

너랑 싸워서 화해가 필요하거나

내가 너한테 잘못한 게 있어서 용서를 빌어야 할 때면

그 옷을 입고 나가서 애교를 떨곤 했지.

그럼 넌 금세 웃었어.

내가 너한테 잘 보이려고 애쓰는 게 귀엽다며

나한테는 도저히 화를 낼 수가 없다고 웃어줬어.

그랬던 넌데.. 지금은 왜 그렇게 마음을 풀지 않는 거니?

물론 내가 먼저 헤어지자고 했고 연락도 하지 말자고 했지만

그래도 난 네가 연락할 줄 알았어. 잘못은 내가 했지만

착한 네가 먼저 미안하다고 말해줄 거라고 믿었어.

그래서 기다렸는데.. 넌 바라지 않나 봐.

우리가 예전 그때로 돌아가기를 원치 않나 봐.

나는 네가 좋아했던 그 분홍색 **티셔츠** 를 버릴까도 생각했다.
그러나 그것은 너에 대한 내 마음을 버리는 것 같아서
결국 **옷장** 에 다시 넣었다. 아마도 난 너를 그렇게
내 마음에 넣어둔 채 오래도록 잊지 못할 것 같다.

지금도 그곳에 가면

역시.. 오늘 또 한 번 느꼈어.

사람 마음이 다 나 같진 않다는 거.

너와 이별하고 아무렇지 않은 척 씩씩한 척하긴 했지만

그렇다고 정말 괜찮은 건 아닌데....

친구는 내가 괜찮다고 하는 걸 곧이곧대로 믿었나 봐.

오늘따라 네 생각이 너무 나서 도저히 혼자 있기가 힘든 거야.

그래서 친구한테 연락을 했지. 이렇게 혼자 있다간 아무래도

너한테 전화할 것 같으니까 내 옆에 있으면서 제발 좀 말려달라고.

그런데 내가 아무리 장난스럽게 얘기를 했어도 그렇지,

정말 농담으로만 듣고 남자친구 만나러 간다고 하더라고.

결국 회사에서 늦게까지 일을 하다가 퇴근을 했어.

그리고 피곤하긴 했지만 밤공기가 좋아서 지하철역까지 걸었어.

그런데 자꾸 네 생각이 나는 거야.

회사 앞에서 날 기다리던 너,

지하철역까지 같이 걸어가 주던 너,

그리고 사람들 틈에 끼어 이리 밀리고 저리 밀리면서도

내가 탄 지하철이 떠날 때까지 꿈쩍도 않고 나를 향해

손을 흔들어주던 네 모습이 하나씩 떠올랐지.

사실 그땐 그런 너를 이해하지 못했어.

절대로 동생 이상으로 본 적 없고

앞으로도 그럴 일은 없을 거라고 아무리 얘길 해도

듣지 않던 네가, 그땐 너무 답답해 보였거든.

그런데 요즘은.. 네가 많이 보고 싶어.

아무 조건 없이 나만 바라봐 준 사람은 너뿐이었으니까.

왜 사랑은 늘 한발 늦게 깨닫는 걸까?

나를 향해 손을 흔들어주던 너의 모습을 나는 잊지 못한다.

지금도 그곳에 가면 네가 나를 향해 웃어줄 것 같은 착각을 할 만큼,
내 기억 속의 너는 항상 거기에 있다.

안전벨트를 매주던

집에 있는데 친구한테 전화가 왔어.

남자친구랑 드라이브 가려고 하는데 같이 가지 않겠냐고.

집에서 리모컨 갖고 동생이랑 싸우는 것보다는

바람이나 쐬는 게 낫겠다 싶어서 대충 모자만 눌러 쓰고 나갔어.

동생은 친구 커플 노는데 눈치 없이 거기 왜 끼냐고 했지만,

예전부터 자주 만나던 사이라 그냥 편하게 생각하고 나갔던 거야.

그런데.. 그동안은 네가 있어서 괜찮았던 건가 봐.

나한텐 네가 있으니까 친구 커플이랑 만나도

외롭거나 쓸쓸하거나 질투가 나거나.. 그런 적이 없었던 건가 봐.

이제는 친구 커플 때문에 짜증난다고,

그러니까 빨리 오라고 전화해도

달려와 줄 수 있는 네가 없다는 걸 미처 생각지 못했어.

아무 생각 없이 차에 타서 친구랑 그 애인이랑

나란히 앉아 있는 모습을 뒤에서 보는데

갑자기 가슴이 먹먹해지는 거야.

다정하게 앉아 있는 두 사람을,

그 넓은 뒤 자석에 덩그러니 혼자 앉아서

바라보고 있는 내가 어찌나 안쓰럽던지....

그런데.. 결정적으로 내가 참을 수 없는 그리움을 느낀 순간은

친구의 남자친구가 친구에게 안전벨트를 매줄 때였어.

꼭 어린 조카한테 하듯이 자상하게 벨트를 매주는 모습이,

너를 생각나게 했거든.

차에 타면 늘 안전벨트 줄을 잡아당기며 씨름하던 날 보고

네가 많이 웃었잖아.

그리고 가만히 꼬인 줄을 풀어서 다시 매주곤 했잖아.

그런 네가 자꾸 생각나는데도 아닌 것처럼 친구 앞에서

오히려 더 밝게 웃었어.

이젠 너를 잊은 척 연기하는 것도 익숙해져 가고 있나 봐.

나는 너와 44번 국도를 달리며 드라이브를 하던 그때가 꿈만 같다.
친절하게 안전벨트를 매주고 다정하게 웃어주던 그 모습....
눈을 감으면 선명한 그 모습이
눈을 뜨면 어느새 물거품처럼 사라져버린다.

너를 버리는 연습

아침부터 구름이 낮게 내려앉아 있더니,
은근슬쩍 빗방울도 흩날리고,
날씨가 우울한 기분을 더 우울하게 만든 하루였어.
이럴 때 생각나는 건.. "커피?" 했던 너.
내가 멍하니 앉아 있으면 어느새 다가와서 캔 커피 하나를
불쑥 던지고 가던 네가 보고 싶어.
우리가 연락을 끊은 지도 벌써 1년이나 지났구나.
알게 된 지 일주일도 안 됐을 때 네가 고백을 해서 당황스러웠지만
그렇게 찾아온 내 첫사랑이 난 싫지 않았어.
마치 영화 속 주인공이 된 것 같은 기분이었거든.
왜 영화 속에선 그러잖아. 남자는 멋지게 고백을 하고,
여자는 못 이기는 척 수줍은 듯 끌려가고....
나도 그런 거 한 번쯤 해보고 싶었는데,
네가 날 영화 속 주인공처럼 만들어줘서 좋았어.
그랬던 네가 작년 여름에 입시 준비로 서울에 갔을 때
이제 그만 만나자고 보낸 문자 메시지를 받는데,
정말 비참한 기분이었어.

나만 좋다고 하던 네가, 나 없인 못 살 거라고 했던 네가

먼저 나한테 이별을 얘기할 줄은 몰랐으니까.

변명도, 핑계도 없이 이별을 고하고 떠난 네가 그리울 때면

나는 가끔 캔 커피 두 개를 사 들고 우리가 다녔던

고등학교 운동장 스탠드에 가서 앉아 있곤 해.

그곳에 앉아서 우리의 미래를 함께 걱정하고 계획했던

시간을 떠올리면서 믿기지 않는 우리의 이별을

다시 한 번 확인하지.

오늘도 다녀왔어. 이젠 밤이면 제법 쌀쌀해져서 따뜻한 캔 커피를

두 개 사서 갔는데, 네 몫으로 샀던 하나는 버리고 돌아왔어.

집에 갈 때쯤 보니까 차갑게 식어버렸더라고.

마치 네 사랑처럼....

나는 텅 빈 **운동장**에 버린 캔 커피를 잊지 않을 것이다.

네가 나를 버렸듯, 내가 버린 식은 커피 하나....

이제 나도 조금씩.. 너를 버리는 **연습**을 하고 있다.

빨간 우체통

그냥 전철 타고 집에 올걸.... 퇴근길에 괜히 버스를 타고 오는 바람에
또 네 생각을 했어. 버스 정류장에서 내려서 우리 집으로
걸어오는 길에 보면 있잖아. 그 빨간 우체통.. 기억나?
네가 군대에 있을 때 거의 매일 꼬박꼬박 그 우체통에 편지를 넣고
학교에 가곤 했었는데....
나의 하루 일과는 우체통과 인사를 하며 시작을 했었는데....
오늘 본 우체통은 내 마음을 너무 아프게 했어.
매일 밤, 내 편지를 받고 기뻐할 네 얼굴을 떠올리며 아무리 피곤해도
편지를 썼고, 우체부 아저씨가 편지를 수거해 가는 시간에 맞춰서
아침 일찍 편지를 들고 우체통으로 달려가곤 했던 일들이
이렇게 나를 힘들게 할 줄은 몰랐어.
이럴 줄 알았으면 조금만 덜 사랑할걸.. 조금만 덜 행복해할걸....
내가 쓰는 향수의 향을 유난히도 좋아하던 너라서
편지지에 향수를 조금씩 뿌려 보내기도 했고,
편지만 받으면 심심할까 봐 가끔은 네가 좋아하는 스포츠 선수의
신문 기사도 스크랩해서 보내고, 네가 휴가 나오면 함께 볼
영화 포스터도 보내고, 그렇게 매일 매일 난 너에게

할 얘기가 많았을 뿐인데, 그렇게 보내다 보니
어느새 편지가 200통을 훌쩍 넘겼더라.
밤마다 몰래 침낭 안에서 손전등을 켜고 썼다는 너의 편지,
군 마크와 계급장이 같이 들어 있었던 너의 편지, 가끔 보너스라며
별사탕도 넣어주었던 너의 편지들을.. 어떻게 해야 할지 모르겠어.
내일 아침에 빨간 우체통에 모두 넣어버릴까? 너에게 다시 돌아가도록?
할 수만 있다면 너에게 받았던 네 마음까지 모두 되돌려주고 싶어.

♥ ♥ ♥ 나는 너와 나를 이어주던 빨간 **우체통**을 기억한다.
우리의 아름다운 추억이 거쳐간 그 우체통....
언젠가 사라질 빨간 우체통처럼
너와 나의 추억도 언젠가는 기억에서 사라지겠지?

한 장의 사진

오늘 한 후배가 물었어. 넌 어떤 사람이었냐고,

도대체 얼마나 멋있는 사람이었기에 아직도 못 잊고

다른 사람 만날 생각도 안 하고 있는 거냐고.

물론 나는 아니라고 했어. 널 못 잊어서가 아니라

단지 너보다 괜찮은 사람을 아직 못 만난 것일 뿐이라고 했어.

그런데 아니라는 거야. 자기가 보기엔 분명히 못 잊고 있는 거래.

너도 그렇게 생각하니?

내가 정말 널 못 잊어서 다른 사람 못 만나는 거 같아?

물어보나 마나 넌 아니라고 하겠지.

부담되는 거 싫어하는 사람이니까

내가 너 때문에 아무도 못 만나고 있다고 하면 싫을 거야.

하지만 나도 인정하고 싶지는 않지만

후배 말이 전혀 틀린 것 같지는 않더라.

그래서 집에 와서 내 방을 뒤졌어.

너에 대한 흔적부터 다 지워야겠다는 생각에

너에게 받았던 선물이며 편지까지 다 없애버리려고 했거든.

그런데 그 사진이 나온 거야.

우리가 1년을 넘게 만나면서 유일하게 찍었던 그 한 장의 사진....

기억나? 춘천에 갔을 때 기차역에서 어떤 커플이

사진 찍어달라고 해서 찍어줬더니 그 커플이 고맙다고

우리도 한 장 찍어줬잖아.

그리고 주소까지 물어보면서 사진을 보내주겠다고 하더니

정말 우리 집으로 사진이 왔던 거 말이야.

그 사진이 나한테 있었어.

그런데 그 사진을 보는 순간 바로 후회했어. 찾아보지 말걸....

그동안 네 얼굴 떠올리려고 해도 생각이 잘 안 나서

이제 잊어가고 있구나 했는데 사진 속 네 얼굴을 본 순간

모든 기억이 다 되살아나 버렸거든.

나 이제 어떡하지? 꼭 벌집을 쑤셔놓은 것처럼 걷잡을 수가 없어.

나는 너를 한 장의 *사진* 으로 기억한다.

기쁜 우리 젊은 날 가장 아름다웠던 *한때* 가 담겨 있는

그 한 장의 사진으로 너와 나의 사랑을 기억하고 싶다.

나의 아름나운 선생님

아이들의 수학 시험지를 채점하다가 갑자기 추억에 잠겼어.

너무너무 쉬운 문젠데 틀린 아이가 있는 거야.

틀린 이유는 공식 하나를 잘못 대입했기 때문이었는데..

옛날 내 모습을 보는 것 같았어.

그렇게 시작됐어, 너를 추억하는 일은....

너랑 나랑 재수할 때 같은 학원에 다니면서

네가 나 때문에 고생 많았잖아.

수학을 못했던 나 때문에 쉽게 설명해주느라 애썼던 거 다 알아.

그땐 정말 네가 선생님이 될 줄 알았어.

어려운 문제도 이해하기 쉽게 잘 설명해주고

화내지 않고 가르쳐주는 거 보고 꼭 너 같은 사람이

선생님이 돼야 한다고 생각했었는데....

그런데 넌 그냥 평범한 회사원이 됐고, 공부도 못하던 내가

오히려 선생님이 돼서 아이들을 가르치고 있는 거 보면

사람 일이란 참 알 수 없는 거구나.. 다시 한 번 느껴.

그런데 그때는 수학 공식 하나 외우는 게 왜 그렇게 싫었는지 모르겠어.

좋아하는 가수의 프로필은 줄줄 꿰면서 쉬운 수학 공식도 못 외운다고

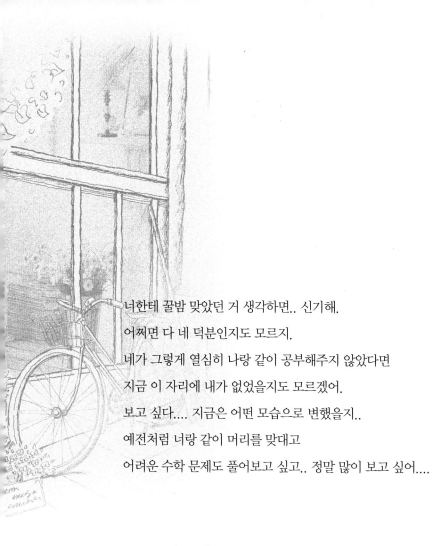

너한테 꿀밤 맞았던 거 생각하면.. 신기해.

어쩌면 다 네 덕분인지도 모르지.

네가 그렇게 열심히 나랑 같이 공부해주지 않았다면

지금 이 자리에 내가 없었을지도 모르겠어.

보고 싶다.... 지금은 어떤 모습으로 변했을지..

예전처럼 너랑 같이 머리를 맞대고

어려운 수학 문제도 풀어보고 싶고.. 정말 많이 보고 싶어....

너는 나의 선생님이었다.
어려운 수학 문제를 풀어주던 선생님이었고,
누군가를 좋아한다는 게 어떤 건지 첫사랑의 떨림도 함께 가르쳐준
나의 아름다운 선생님이었다.

못난이 인형

못난이 삼 형제…. 한 녀석은 찡그리며 화내고 있고,
한 녀석은 커다란 눈물방울을 흘리며 울고 있고,
한 녀석은 천진난만한 웃음을 짓고 있는..
그 못난이 삼 형제 인형이 나를 보고 있어.
어쩜 저 아이들은 늘 저렇게 한결같이 화내고 울고 웃고..
변함이 없을까? 내가 너에게 그랬던 것처럼….
화도 잘 내고, 울기도 잘하고, 또 금방 웃기도 잘한다고
어느 날 네가 나한테 선물해줬던 거 생각나지?
인사동에만 가면 옛날 물건 파는 가게에 들어가서
뭘 그렇게 찾나 했더니 나한테 줄 못난이 인형을 찾고 있었다니….
그런 줄 알았으면 열심히 따라다니지 않았을 거야.
날 놀리려고 그러는 거였는데 내가 그렇게 열심히
따라다닌 걸 생각하면 지금도 좀 억울해.
어쨌든 인사동에서는 못 구하고, 인터넷 사이트에서 겨우 찾았다면서
인형을 사갖고 온 날, 네가 나한테 선물이라며 주는데
기분이 나쁘면서도 좋았어. 놀리는 게 싫으면서도 한편으론 그것도
네가 날 사랑하는 마음이라고 생각하니까 그냥 웃음이 나왔어.

그런데 요즘은 정말 내가 그 못난이 인형이 된 것 같아.

너한테 막 화가 나다가도 좋았던 추억이 떠올라서 웃다가..

어느새 네가 보고 싶어져서 눈물이 나거든.

네 말대로 난 딱 세 가지밖에 못 하는 사람인가 봐.

화내고 울고 웃고....

널 떠올리면 난 어느새.. 못난이 인형이 돼버리니까.

나는 늘 너에게 못난 **여자**였다.

어른스럽지 못하고 여자답지 못하고 철없는 아이처럼 굴었던 나..

그런 나를 사랑해줬던 넌....

어쩌면 나보다 더 못난 짓을 했던 건지도 모르겠다.

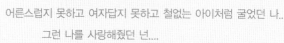

자판기 커피

오늘 점심땐 회사 근처 공원에서 샌드위치를 먹었어.

그럴 만한 날씨였거든. 커피도 한 잔 마셨어.

옆에서 누군가 커피를 마시는데 그 향이 너무 좋더라고.

몇천 원씩 하는 고급 커피도 아니고

그냥 공원 자판기에서 뽑은 커피였는데

추억을 떠올리기에 딱 좋은 향이었어.

10년 전 신입생이었을 때 내 첫사랑이었던 너.

처음에 네가 나에게 마음을 고백했던 노트에

내가 답장을 쓰기 시작한 게 한 권이 되고 두 권이 되고,

그렇게 쌓이더니 나중에는 정말 연애소설을 써도 될 만큼

재미있는 얘깃거리가 많았는데....

생각나니? 아마 겨울이었을 거야.

내가 아르바이트를 하던 곳에 갑자기 네가 찾아왔어.

그때가 새벽 1시쯤이었는데 넌 선배한테 차를 빌려 와

내 일이 끝나길 기다렸지.

시간이 되어 일이 끝난 나를 차에 태우더니

그대로 무작정 고속도로를 달렸어. 광주에서 목포까지....

학생 신분에 돈이 없던 우린 차에 기름도 겨우 넣은 터라

근사한 카페에는 들어가지 못하고 유달산이었던가?

거기에 잠깐 내려서 자판기 커피 한 잔 뽑아서

둘이 나눠 마셨지.

넌 준비 없이 멀리 와서 맛있는 것 못 사줘서 미안하다고 했지만

그때 난 정말 신나고 재미있고 행복했어.

내 곁에 네가 있었으니까.

앞으로 그런 시간은 또다시 가질 수 없겠지?

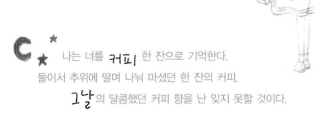

나는 너를 커피 한 잔으로 기억한다.

둘이서 추위에 떨며 나눠 마셨던 한 잔의 커피.

그날의 달콤했던 커피 향을 난 잊지 못할 것이다.

까만 교복이 잘 어울렸던 아이

부는 바람도 시원하고 마음이 풍부해지는 건

가을이 오는 걸 느끼고 있기 때문이겠지?

그런 가을이 좋은데.. 한편으론 또 슬프기도 해.

자꾸 네 생각이 나니까. 바람에 흩날리던 네 머리카락,

그 비누 냄새, 그리고 까만 교복에 까만 구두까지

가을엔 온통 너에 관한 향기로 가득해.

그때가 아마 개학하고 2학기가 시작된 지

얼마 되지 않은 때였을 거야.

친구들이랑 잡지책을 보다가 맨 뒤에 실린 펜팔 주소를

보고 함께 편지를 보냈어.

그리고 누구한테 먼저 답장이 오는지 기다렸는데,

딱 일주일 후, 나한테만 답장이 왔어.

넌 내 취미랑 네 취미가 똑같다면서

한번 만나보고 싶다는 내용의 답장을 보냈지.

그래서 우리가 처음 만나게 됐는데.. 그날 기억해?

학교 앞 중국집에서 만나 볶음밥을 시켜놓고는

나는 부끄러움에 제대로 먹지도 못했지.

지난주에는 고향에 갔다가 논둑길을 혼자 걸었어.

저녁 무렵 땅거미가 내려앉아 축축해진 풀숲을

함께 걸었던 기억도 나고, 또.. 동네 어른들 볼까 봐

빨리 가라고 해도 기어코 악수라도 해야만 간다고

실랑이를 하다가 결국 수줍게 내민 내 손을 덥석 잡아보고는

도망갔던 네 뒷모습도 생각나고..

그래서 논둑길을 몇 번이고 왔다 갔다 걸었더니

어느새 캄캄한 밤이 됐더라고.

가끔 너를 추억하는 사이, 어느덧 세월이 흘러버린 것처럼....

나는 너를 단정한 까만 교복이 잘 어울렸던 아이로 기억한다.

보고 싶어도 볼 수 없지만, 그리운 건 부정할 수 없는 너,

가슴에서 울리는 너의 이름은.. 내 '첫사랑'이다.

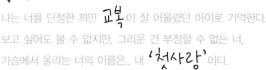

나늘 아침

나는 너를 상처로 기억한다.
그날 넘어져서 생긴 무릎의 상처로 기억하고,
옛사랑의 상처로 기억한다.
그 상처는.. 아물어도 아문 게.. 아닐 것이다.

너의 이름은
지을 수가 없다—

내가 널 울리고 말았어

너.. 요즘도 잘 우니? 지금 생각해보면 너랑 나랑 영화를 볼 때
네가 울지 않았던 적은 거의 없었던 것 같아.
좀 슬프다 싶어서 고개를 돌려보면 넌
어김없이 가방에서 부스럭부스럭 휴지를 꺼내
눈물을 닦곤 했으니까. 그래서 내가 많이 놀리기도 했었지, 울보라고.
우리가 처음 만난 날부터 네가 울어서 얼마나 당황했는지 알아?
아마 그날 본 영화가 '철도원'이라는 일본 영화였을 거야.
솔직히 난 조금 지루해서 졸고 있었는데
옆에서 훌쩍이는 네 소리를 듣고 깼어.
졸다가 깨서 안 잔 척하고 있긴 했는데 좀 난처했어.
여자가 내 옆에서 우는 건 처음이라
어떻게 해야 할지 모르겠더라고.
그래서 주머니에 있던 손수건을 너에게 줄 생각도 못 했지.
어쨌든 첫날부터 눈물을 보이기에 난 네가
여리고 착하고 정말 여성스러울 거라고 생각했어.
그런데 만날수록 넌 첫인상과 너무 달랐어.
하는 말도 꽤 터프하고 내 친구들이

짓궂은 농담을 해도 웃으면서 다 받아주고

비 오는 날 포장마차에서 소주 마시는 걸 좋아하고

치마보다는 청바지를 즐겨 입고....

그렇게 털털한 너를 점점 더 좋아하게 됐던 것 같아.

그리고 이별할 땐 털털한 너라 다행이라고 생각했어.

넌 강하니까 우리가 이별을 해도 네가 많이

힘들어하진 않을 거라고 생각했거든.

그런데.. 며칠 전에 네 얘길 들었어.

네가 그동안 많이 힘들어했다는 얘기....

역시 넌 눈물도 많고 마음 여린 아이였는데

내가 네 깊은 속까지 몰랐던 것 같아. 미안해....

널 울리는 놈은 가만두지 않겠다고 말해놓고 결국..

내가 널 울리고 말았어. 평생.. 날 용서하지 마.

나는 너의 눈물을 잊지 못할 것이다.
널 아프게 했던 시간만큼 나는 너의 눈물을
가슴에 묻고 살아갈 것이다.

옛사랑의 상처

길을 걷다 보면 손을 어디에 두어야 할지 모를 때가 있어.

혼자 팔짱을 꼈다가도 금세 빼고

주머니에 손을 넣었다가도 뭔가 어색해서 담배를 꺼내 물지.

이런 건가 봐.. 이렇게 수시로

네가 내 곁에 없다는 걸 확인하는 게 바로 이별인가 봐....

오늘은 혼자 길을 걷다가 네 생각이 났어.

다른 사람들 행복해하는 모습이 보기 싫어서

그냥 땅만 보고 걷다가 고개를 들었는데,

내 앞에 한 커플이 다정하게 걸어가고 있더라고.

날씨도 더운데 둘이 손을 꼭 붙잡고 말이야.

그 모습 보고 나도 모르게 혼잣말을 중얼거렸어.

'손에서 땀 나겠다.'

심술부린 거지 뭐. 괜히 배가 아파서 그랬어.

너랑 나도 그 커플 못지않게 붙어 다녔는데

지금은 혼자서 그 뒤를 따라가고 있는 게 왠지 처량 맞아 보이잖아.

어렸을 때, 친구가 아이스크림 먹고 있으면 군침 흘리면서

나도 한입만 달라고 쫓아갔던 것처럼 불쌍해 보이잖아.

네가 많이 보고 싶다. 내 투박한 손을 잡아주던 네가 그리워.

내 주머니에 손을 넣고 걷다가 몇 번을 넘어질 듯 말 듯 하더니

결국엔 둘이 같이 넘어져서 무릎에 영광의 상처를 만들어줬던..

네가 생각나....

그때 그 상처가 흉터로 남아서 너에 대한 기억을 지울 수가 없어.

가끔은 통증까지 느껴진다면.. 넌 믿지 않겠지?

하지만 사실이야. 난 네가 남기고 간 상처 때문에 여전히 아파....

나는 너를 상처로 기억한다.
그날 넘어져서 생긴 무릎의 상처로 기억하고,
옛사랑의 상처로 기억한다.
그 상처는.. 아물어도 아문 게.. 아닐 것이다.

매일 **밤**12시, 너의 **전화**

이 시간만 되면 나도 모르게 전화기를 찾아.

매일 습관처럼 너랑 통화를 하고 잠이 들었던 기억 때문에

거의 본능적으로 전화기를 찾는 것 같아.

요즘은 늦은 밤에 어디 전화할 데도 없고 누구랑 속 애기를

하고 싶어도 딱히 떠오르는 얼굴도 없어 답답해질 때가 많아.

옛날엔 네가 다 들어줬는데....

가끔 통화하다가 잠들어서 문제였지만 말이야.

한번은 내가 술을 조금 마시고 들어와서 너랑 통화하다가

전화기를 베고 잠이 들었는데 자다가 불편해서 깬 적이 있었어.

그런데 소리를 들으니까 끊긴 신호음이 안 들리는 거야.

혹시나 해서 "여보세요" 했더니 네가 대답을 했어.

그때 시간을 보니 새벽 3시였지. 내가 두 시간이나 자고 있는 동안

넌 전화를 끊지 않고 내 숨소리를 듣고 있었다고 했어.

그 후론 내가 조용히 말을 안 하고 있으면 네가 늘 물었어.

"잠든 거 아니지?"

난 요즘도 이 애기를 친구들한테 자랑처럼 말하곤 해.

이젠.. 다시 누구를 만난다고 해도 밤새도록 전화 통화를 하고

졸면서도 전화를 끊지 않는 열정적인 연애는 못 할 것 같거든.

너만큼 날 사랑해줄 사람도 못 만날 것 같고....

그렇다고 널 기다리는 건 아니야.

넌 이제 잘 살고 있는데 내가 괜히 흔들어놓고 싶지는 않아.

그냥 적당한 사람 나타나면 남들처럼 적당히 맞춰가 보려고..

다들 그렇게 사니까....

매일 밤 12시, 너와 전화 통화를 하던 시간만 되면

내 심장은 조건반사를 일으킨다.

너의 얼굴이 생각나고 너의 목소리가 들리는 듯한 착각을 일으킨다.

그러나 여전히.. 벨은 울리지 않는다.

인친행 전철

퇴근을 하고 집에 가는 버스를 타려고 정류장으로 걸어가는데
지하철역 표시가 보였어.

순간, 나는 자석에 끌려가듯 그 안으로 빨려 들어갔지.

그러곤 인천행 전철을 탔어.

퇴근 시간이라 사람들이 붐비는 그 전철을 비집고 들어가서는
늘 너와 함께 기대어 섰던 그 자리를 찾아 섰어.

노약자석 옆으로 다음 칸과 연결된 그 문 있잖아.

네가 사람이 많을 때 구석에 기대어 있는 게 편하다면서
꼭 그 자리를 찾아 서곤 했던 게 생각나서....

그런데 오늘은 나 혼자였어. 너한테 미안한 게 많은 나라서
가끔 혼자 네 생각하면서 이런 짓을 하곤 하거든.

사실은 가끔 네가 집에 데려다 달라고 했을 때,
먼 거리가 귀찮아서 다른 약속이 있다고 거짓말한 적이 있었어.

어떤 날에는 네가 보고 싶어도 다음에 보자고 했던 적도 있었어.

만났다가 헤어질 때 데려다 줄 걸 생각하면 힘들 것 같아서
아예 만나자고 하지도 않았지. 헤어지고 나니까 그게
그렇게 후회될 수가 없어. 그때 자주 데려다 줄걸....

이젠 데려다 주고 싶어도 그렇게 못 하니까,

그때 해줄 수 있을 때 잘해줄걸.. 정말 후회가 돼.

있을 때 잘하라는 말.. 내가 너에게 농담처럼 했던 말이지만,

그건 내가 명심해야 하는 말이었어.

나한테 아낌없이 잘해준 넌 미련 없이 날 떠났는데,

난 이렇게 너에게 못 해준 것만 생각하고 있잖아.

난 왜 항상.. 이렇게 한 걸음씩 느린 걸까?

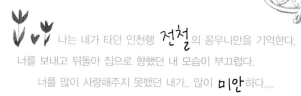

나는 네가 타던 인천행 전철의 꿍무니만을 기억한다.
너를 보내고 뒤돌아 집으로 향했던 내 모습이 부끄럽다.
너를 많이 사랑해주지 못했던 내가.. 많이 미안하다....

지리산에 올라가면

친구 녀석들은 여자친구랑 휴가 갈 거라고 벌써 들떠서 난리들인데,

난 작년이나 올해나 여전히 혼자 방콕 하는 신세야.

그런데 아무래도 내일은 어디라도 나가야 할 것 같아.

3일째 집에만 있었더니 엄마가 슬슬 눈치를 주기 시작하셨거든.

그래서 내일은 거기에 가보려고....

3년 전 여름에 너랑 나랑 갔던 지리산.

이번엔 나 혼자 올라가 보려고....

3년 전이랑 지금.. 얼마나 달라져 있을까? 보고 싶어졌어.

일단 그때는 너랑 나랑 둘이었고

이번에는 나 혼자라는 것부터가 달라졌고,

또 나무들의 키도 컸을 테니, 공기도 다르겠지?

3년 전 여름, 그때 날씨가 너무 안 좋아서 너 고생시켰던 거

지금 생각해도 너무 미안해.

비바람이 몰아치는 가운데 새벽 3시에 오르기 시작해서

천왕봉까지 정말 힘들었고, 또 너무 추웠잖아.

오후 1시가 돼서야 겨우 하산을 했는데, 발은 퉁퉁 부어 있었고,

신발은 완전히 물에 젖어 있었지. 남자인 나도 힘든 산행을

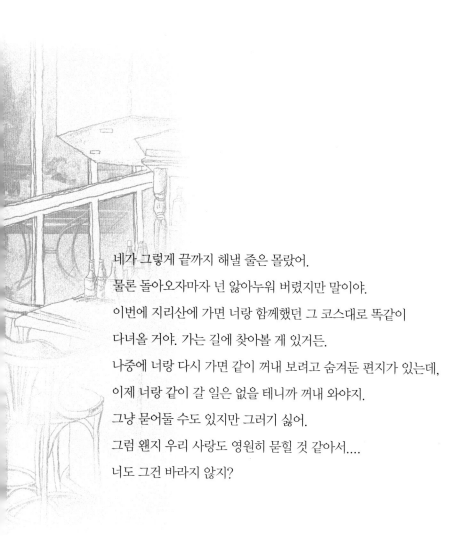

네가 그렇게 끝까지 해낼 줄은 몰랐어.

물론 돌아오자마자 넌 앓아누워 버렸지만 말이야.

이번에 지리산에 가면 너랑 함께했던 그 코스대로 똑같이

다녀올 거야. 가는 길에 찾아볼 게 있거든.

나중에 너랑 다시 가면 같이 꺼내 보려고 숨겨둔 편지가 있는데,

이제 너랑 같이 갈 일은 없을 테니까 꺼내 와야지.

그냥 묻어둘 수도 있지만 그러기 싫어.

그럼 왠지 우리 사랑도 영원히 묻힐 것 같아서....

너도 그건 바라지 않지?

나는 너와 함께 올라갔던 지리산을 잊지 못한다.
거센 비바람도 이겨내며 마지막까지 내 손을 놓지 않았던 너,
그때의 너만 기억할 것이다.

운명의 장난

'그때 그 자리에 다른 사람이 앉았다면 어떻게 됐을까?'

'왜 하필 나에게 쪽지가 잘못 전달된 걸까?'

그런 생각을 하다가 믿게 됐어.

마침 그 자리에, 그때 그 순간에 내가 있었던 건 운명인 거라고,

너랑 나랑은 사랑할 수밖에 없는 인연인 거라고....

물론 처음엔 나도 믿어지지 않았어.

'도대체 어떤 여자가 매일 아침 내 자리에 쪽지를 두고 가는 걸까?'

'혹시 누군가와 나를 착각하고 잘못 둔 건 아닐까?'

그런 생각을 안 한 것도 아니었어.

그런데 하루 이틀도 아니고 한 달 동안 매일 아침 내 자리에

쪽지랑 우유가 있는데 어느새 나도 모르게 얼굴도 모르는

한 여자에게 마음을 빼앗겨 버렸지.

원래 흰 우유를 잘 먹지도 않으면서

친구가 마시려고 하면 못 마시게 했어.

모르겠어. 그땐 네가 누군지도 몰랐는데

그냥 다른 사람이 먹는 게 싫었거든.

그러다가 한 달째 되던 날이었던가? 그때 알았어.

네가 쪽지를 남겼던 건 내가 아니라

내 옆 자리에 앉았던 내 친구에게였다는 걸.

친구랑 나랑 잠시 자리를 바꿨던 날, 내 자리에 앉아 있던

내 친구한테 반해서 쪽지를 남기기 시작했던 너는

한 달째 되던 날 드디어 내 이름을 알아냈다며

내 친구의 이름이 적힌 쪽지를 남겨두었지.

그때 그만뒀어야 했는데....

난 이미 네가 좋아졌다고, 네가 누구한테 마음이 있든

상관없다고 한 건 내 이기적인 생각이었다는 걸 이제야 알겠어.

친구를 볼 때마다 좀 미안한 마음이 들긴 했지만

난 그저.. 그게 운명이라고 믿었을 뿐인데....

내가 운명의 장난에 넘어가고 말았던 건가 봐.

매일 아침 흰 우유를 배달하던 너를, 나는 여전히 기다린다.
설사 이제 와서 네가 날 아니라고 해도 난 널 기다릴 수밖에 없다.
지금 내가 할 수 있는 건 그것뿐이니까....

내 마음속 하트 그림

억수같이 비가 퍼붓던 날이었어.
비가 너무 많이 와서 차에서 내리지 못하고
잠시 음악을 틀어놓고 생각에 잠겼지.
그러다가 앞 유리창을 봤어. 그런데 조수석 쪽의 창에
뭔가가 서서히 나타나기 시작하는 거야.
저게 뭐지? 하고 봤는데, 순간 심장이 멎는 줄 알았어.
그건 바로 두 달 전에 네가 그렸던 하트 그림이었거든.
그날도 비가 무척이나 많이 왔었는데....
네가 우산을 안 갖고 왔다고 해서
내가 너 퇴근시켜주려고 회사로 갔던 날 있잖아.
그날 네가 내 옆 자리에 앉아서
앞 유리 창문에 손가락으로 하트를 그렸던 거 기억나?
그때 닦아내지 않고 그대로 뒀더니,
차 안에 습기가 찰 때마다 다시 나타나곤 했는데
오늘 차 안에 있다가 보게 된 거야. 그냥 빨리 내릴걸....
이렇게 너를 떠오르게 하는 추억이 어디선가 불쑥불쑥
튀어나올 때면 난 정말 미칠 것 같아.

심장이 떨리고 가슴이 아프고 시도 때도 없이
눈물이 흘러내려서 어디론가 숨어버리고 싶어.
혹시라도 누가 이런 내 모습을 보면 못났다고 놀릴까 봐
누군가 너의 얘기를 꺼낼 것 같으면 애써 그 자리를 피하고
괜히 다른 얘기로 화제를 돌리곤 하는데,
이렇게 예고도 없이 혼자 있을 때
너의 흔적과 맞닥뜨리게 되면 난 어떻게 해야 할지 모르겠어.
그런데 나.. 너의 흔적 때문에 힘들고 아픈데..
결국 그 하트 자국 지우지 못했어.
가끔이라도 널 생각 할 수 있는 게 아직 내겐 행복이니까.
힘들고 아파도 너를 잊는 것보다는 나으니까....

♥ ♥ ♥

나는 네가 그려놓은 그 하트 그림을 지우지 못하고 있다.
마치 네가 내 맘속에 새겨놓은 사랑 같아서,
나는 너의 흔적을 지울 수가 없다.

너만의 슈퍼맨

아침부터 흐린 하늘을 보면서
차를 갖고 갈까 말까 망설이다가 그냥 두고 나왔어.
월요일 아침이면 차도 많이 밀리는데 게다가
비까지 오면 지각할 것 같아서 지하철을 이용하는 게 낫겠다 싶었지.
그렇게 지하철을 타고 출근을 하다가 멍하니 생각에 잠기게 됐고,
그러다가 몇 년 전 이맘때쯤 네가 엄마가 쓰러지셨다며
무섭다고 나에게 다급하게 전화했던 기억이 떠올랐어.
그날은 나도 경황이 없어서 일단 달려가서 널 도와주었지만,
나중에 일이 수습되고 나서, 나.. 정말 기뻤어.
네가 그 누구도 아닌 나한테 먼저 연락을 해줬다는 사실이 행복했거든.
그때 네가 했던 말.. 나 아직도 생생하게 기억해.
그 당시 너에겐 좋아하는 사람이 있었는데,
그 사람을 보면 설레긴 해도 정작 힘든 일이 생기면
나부터 생각난다고 했잖아.
그 사람한테는 좋은 모습만 보여주고 싶지만,
나한테는 기대고 싶어진다고 했던 거..
그 말이 내겐 꼭 고백처럼 들렸어.

그래서 그날 이후로 네가 나를 너만의 슈퍼맨이라고 부르면서

찾을 때마다 어디든 달려가곤 했던 거야.

마치 내가 진짜 영화 속의 슈퍼맨이라도 된 것처럼 말이야.

그런데 그게 부담스러웠다니.. 나에겐 충격이었어.

난 널 사랑하는 만큼 아낌없이 준 것뿐인데,

그게 너한테는 부담이었다니....

그때 내 맘은 절벽에서 뚝 떨어진 것 같은 느낌이었던 거 아니?

지금도 가끔 그때를 떠올리면 가슴이 툭! 떨어지는

쓸쓸함을 느끼지만,

난 그래도 너를 추억하는 시간이 좋아.

그 시간만큼은 나 혼자 너를 가질 수 있으니까.

나는 너만의 슈퍼맨 이었다. 네가 부르면 언제 어디라도

달려갔던 나는 지금도 여전히 너의 목소리에 귀를 기울인다.

네가 언제 다시 나의 이름을 부를지 모르니까....

하루 종일 설었던 종로 거리

어제.. 너무너무 보고 싶은 영화가 있어서
혼자 영화관으로 가는 중이었어.
갑자기 다른 일이 생겨서 그걸 해결하고 가는 바람에
영화 시간이 위태위태한 거야.
광화문 역에서 내리자마자 영화관까지 한참을 뛰었는데
결국 늦어서 영화는 못 보고 그냥 되돌아와 버렸어.
그런데 갑자기 시간이 비니까 뭘 해야 할지 모르겠더라고.
일단 숨 좀 골라야 할 것 같아서 음료수를 하나 사서 마시면서
의자를 찾아 앉았어.
그제야 하늘을 한번 봤는데.. 햇살이 어찌나 좋던지....
어느새 눈가에 눈물이 촉촉하게 젖어오는 거야.
혼자 주책없이 눈물을 흘리다가 다시 무작정 걷기 시작했어.
그런데 걷다 보니까 내가 종로에 와 있더라고.
정말 다시는 오지 않겠다고 그렇게 다짐했던 곳인데....
우리 서로 집이 멀어서, 네가 타고 올 수 있는 3호선이랑
내가 타고 오는 5호선이 만나는 종로에서 늘 데이트를 했잖아.
종로에서 만나서 길거리 데이트를 하면서

이것저것 사 먹는 것도 좋아했고,

지나가다가 레코드점에서 좋아하는 노래가 흘러나오면

그 자리에 서서 음악이 끝날 때까지 듣기도 했고,

갔던 길을 되돌아 다시 걷고 또 걷고.. 그랬는데....

지금 그 거리는 변한 게 없는데, 단 한 사람.. 너만 없더라.

나는 그렇게 네 생각에 빠져서 네가 좋아하는

민트 맛 아이스크림이 다 녹을 때까지 혼자 걷다가 왔어.

넌.. 이런 내 쓸쓸함을 알까?

몇 년 만에 우연히 만났을 때, 그동안 잘 지냈냐고 물었던 네가..

내 이런 그리움을 알기나 할까?

나는 너와 하루 종일 걸었던 종로 의 거리를 기억한다.
시간이 흐를수록 더욱 선명해지는 너와의 추억을 찾아
나는 오늘도 그 거리를 걷는다.

물망초의 마법

"사랑할 때 누구나 꽃이 된다는 말.. 들어본 적 있어?
누군가를 사랑하면 우린 모두가 노란 해바라기가 된대.
늘 사랑하는 사람만 바라보니까.
그런데 그러다가 마지막에 헤어질 땐.. 물망초가 된대.
물망초의 꽃말이 그거라며? '나를 잊지 마세요..'
그 말이 하고 싶어서 사람들은 해바라기처럼 사랑을 하다가
이별 앞에선 물망초가 돼버린대."

어디서 들었는지 똥그란 두 눈으로 어린아이가 웅변을 하듯
또박또박 나한테 말했던 거, 기억나니?
그리고 넌 또 이런 말도 했어.
해바라기든 물망초든 1년 365일,
하루 스물네 시간, 항상 널 잊지 말라고..
너만 생각하고 있으라고....
그땐 뭐가 불안해서 그런 소릴 하냐고 화를 냈는데,
지금은 내가 너에게 그 말을 그대로 돌려주고 싶은 거 아니?
수험생이 시험 공부를 하듯

꽃마다 그 꽃말을 적어서 줄줄 외우고 다녔던 너,
어느 화창한 봄날, 널 만나러 가는 길에 노란 장미가
예뻐서 사 갔더니 다짜고짜 울어버렸던 너, 알고 봤더니
노란 장미의 꽃말이 이별이라며 내가 헤어지자고 주는 줄 알았다고,
그런 게 아니라고 하니까 금세 환하게 웃었던 너,
그렇게 사랑스럽고 예쁘고 귀여운 너였는데....
그런 너를 내가 어떻게 잊을 수 있겠니?
네가 바랐던 대로 난 널 잊을 수 없을 것 같아.
네가 나에게 마법을 걸어놨으니까. 물망초의 마법....

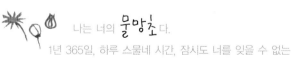

나는 너의 **물망초**다.
1년 365일, 하루 스물네 시간, 잠시도 너를 잊을 수 없는
이 물망초의 **마법**은 언제쯤 풀릴까?

서로 다른 바람을 가졌던 너와 나

오늘 아침 출근길에 널 떠올린 이후로 하루 종일 네 생각만 했어.

원래 내가 네 생각밖에 할 줄 모르는 사람이었잖아.

시간이 흘러도 그 습관은 여전해.

그런데 출근길에 왜 너를 떠올렸는지 알아?

회사 가는 길에 공원이 하나 있는데 아침마다 그 공원을

가로질러 가거든. 평소엔 아무 생각 없이 지나갔었는데

오늘따라 공원에 있는 나무 한 그루가 눈에 띄는 거야.

그리고 나무의 곁을 지나가는데

나무에서 향기가 느껴졌어. 바로 너의 향기였지.

내가 기억하는 너의 모습 중에 낙엽이 떨어질 무렵,

나무 밑에서 고개를 들어 나무를 바라보던 모습이 있어.

처음엔 공강 시간마다 나무 밑에 서 있는 네가

도대체 무슨 이유로 그러는 걸까.. 궁금하기만 했어.

너에게 직접 물어볼 용기가 안 났으니까.

그러던 어느 날 강의실 맨 뒷자리에서 네가

친구들과 얘기하는 소릴 들었지.

"떨어지는 낙엽을 손으로 잡으면 원하는 게 이루어진대.

나야 물론 그 선배랑 잘되게 해달라고 빌어야지."
네가 나무 밑에 서 있었던 이유는 바로 그거였어.
그 당시 네가 좋아하는 선배를 생각하며
낙엽이 떨어지길 기다리고 있었던 거였어.
그런데 그날 이후로 나도 그 나무 밑에 서 있었던 거 아니?
네가 다른 사람을 기다릴 때, 나는 네가 나를 향해
돌아봐 주길 기다리면서 그 나무 밑에 서 있었어.
네 말대로 떨어지는 낙엽을 잡으면
정말 네 마음을 붙잡을 수 있을 것 같아서....

나는 너의 기다림을 안다. 그러나 너는 나의 기다림을 모른다.
나무 밑에 서서 낙엽이 떨어지길 기다리며
서로 다른 바람을 가졌던 너와 나....
그 바람은 결국 평행선이 되어 만나지 못했다

7년간의 사랑

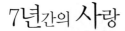

미안하다.. 미안하다....
너한테도 미안하고 지금의 여자친구에게도 미안해.
오늘 또 네 이름을 불렀어. 7년이 넘도록 나에게 여자는
너뿐이었고 네 이름만 불러서 그런지
그녀를 보고 있으면서도 내 입에선 자꾸 네 이름이 튀어나와.
이게 바로 7년간의 사랑이 가진 무시할 수 없는 힘일까?
너무 오래 만나서 이제 서로 모르는 거 없이 다 아니까

더 이상 새로울 것도 없고 지루해질 시간만 남았으니

그만 헤어지는 게 낫겠다고 생각했는데, 내가 생각이 모자랐나 봐.

오랜 시간을 함께한 만큼 추억이 많아서

너를 잊기 힘들 거라는 생각을 왜 못 했을까?

그중에서도 너의 이름 세 글자는 습관처럼 하루에도 몇 번씩

불렀는데, 입에 배고 마음에 새겨진 그 습관을

쉽게 버릴 수 없다는 걸.. 왜 미처 생각하지 못했을까?

그래. 그럴 줄 알았다면 너한테 그렇게

무덤덤하게 이별을 말하진 못했겠지.

이렇게 네 이름만 부를 줄 알았다면..

절대로 너랑 헤어지지 않았겠지.

이제 알았으니까 다신 이별 같은 거 안 할게.

그게 얼마나 무서운 건지 알았으니까.

나.. 그녀한테 잘할 거야. 너한테 잘해주지 못한 것까지....

C ★ 나는 아직 너의 이름을 지울 수가 없다.

내 입은 여전히 너의 이름만 속삭이고,

그 속삭임은 심장으로 전해져 너에 대한 그리움은 커져만 간다.

너의 통화 연결음

아직도 술이 덜 깬 걸까? 자꾸 너한테 전화하고 싶어서 미치겠어.

일부러 휴대전화가 눈에 띄지 않게 가방 안에 넣어뒀는데,

어느 틈엔가 휴대전화를 쥐고 네 번호를 누르고 있는 거 보면,

아직 술이 덜 깬 게 분명해.

그러니까 오늘 아침에 라디오를 켜는 게 아니었어.

아니, 왜 하필 오늘! 그 시간에! 거기서! 그 노래가 나왔을까?

드라마에서나 나올 법한 장면이 오늘 아침에 연출됐어.

어제 너에게 느닷없이 이별을 통보받고, 도저히 맨정신으로는

집에 갈 수가 없어서 술을 한잔했거든. 아니, 아주 많이 마셨어.

술을 마시다가 당장이라도 너에게 달려가서

네 앞에 무릎 꿇고 한 번만 기회를 달라고 말하고 싶었지만,

내가 술 마시는 거 네가 워낙 싫어했기 때문에 가지 못했어.

이래서 나랑 헤어지고 싶은 거라고 다시 한 번

네 마음 굳힐까 봐 갈 수가 없었어.

그래서 혼자 술을 마시고 집에 와서 잤는데....

아침에 일어나서 지끈거리는 머리를 감싸며 라디오를 켰는데..

그 순간 라디오에서 흘러나오는 노래를 듣다가 울어버렸어.

네 통화 연결음 있잖아. 내가 좋아하는 그 노래....
내가 너한테 전화할 때마다 내가 좋아하는 노래 들으라고
네가 날 위해 바꾼 통화 연결음 음악이 나오는데,
그 노래가 왜 그렇게 슬프게 들리던지....
예전엔 미처 몰랐어. 그 노래가 그렇게 사람의 마음을
아프게 하는 노래인 줄은....

♥ ♥ ♥ ♥ ♥   나는 너의 **통화** 연결음을 기억한다.
그러나 너에게 전화를 걸 때마다 들려오던
그 행복했던 **멜로디**가 이제는
이 세상에서 가장 슬픈 멜로디가 되어 내 가슴을 울린다.

꿈을 주는 아이

2년이나 지났는데 여전히 너는 내 안에 있어.

그러고 보면 누군가를 잊는 데 시간의 흐름이란 소용이 없나 봐.

오랜 시간이 흘러도 난 널 내 안에서 내보낼 수 없을 것 같거든.

넌 나에게 늘 꿈을 주는 아이였어.

야구를 하다가 부상을 당해서 야구 선수로 뛸 수 없게 됐을 때,

네가 나에게 새로운 꿈을 줬어. 너란 아이를 사랑하고 싶은 꿈,

너랑 오래오래 행복하게 살고 싶은 꿈을 꾸게 했지.

아무런 희망도 없는 내게 너는 봉사 활동을 함께 해보자고 권했고,

처음엔 달가워하지 않던 나도

너의 예쁜 마음에 반해서 결국 따라가게 되었어.

몸은 불편하지만 마음은 천사 같은 아이들과 함께 시간을 보내면서,

나는 점점 까짓 야구 못 하게 된 건 아무것도 아니라는

생각을 하게 됐고, 새로운 희망을 갖게 됐지.

그러니까 지금의 나는 너로 인해 만들어진 거나 다름없어.

만약 나 혼자였다면 지금까지 방황하고 있었을 테니까.

네가 옆에 있으니까, 널 위해서 난 제2의 꿈을 꿨던 거야.

그래서 지금은 네가 그렇게 바라던 사회복지사가 되기 위해

공부하고 노력하고 있는데.... 가끔 포기하고 싶어질 때가 있어.

너도 없는데 다 무슨 소용인가 싶어서.

하지만 그래도 네가 지켜보고 있을 거라고 생각하면 다시 정신 차리게 돼.

너.. 보고 있지? 나 열심히 살아가는 거, 보고 있는 거 맞지?

나 너한테 받기만 하고, 받은 만큼 돌려주지 못한 게 한이 돼서

그 몫까지 다해서 하루하루 최선을 다해 살고 있어.

너한테 실망 주기 싫으니까. 그러니까 너..

하늘에서도 한눈팔지 말고 나만 봐야 돼.

나도 너만 바라볼게.. 영원히....

나는 오늘도 너를 만나러 천사원에 간다.
그곳에 있는 귀여운 꼬마 천사들을 보면
꼭 네가 반겨주는 것 같아서 마음이 설렌다.
여전히 널 생각하면 아프지만 그 아픔마저도 나에겐 행복이다.

늘 한발 늦었던 내 사랑

오늘도 엄마의 구박을 받으며 집에서 뒹굴고 있었어.
초인종이 울리자 거의 반사적으로 대문 앞으로 뛰어나갔지.
다른 때 같으면 엄마나 동생이 나갈 때까지 못 들은 척하면서
리모컨만 손에 쥐고 있었을 텐데.. 그땐 왜 그랬는지 모르겠어.
느낌으로 이미 알았던 걸까, 너와 나의 추억이 배달됐다는 걸?
그런데 그 추억 덕분에 난 또 그대로 무너져 버렸어.
겨우 추스르고 있던 마음에
너에 대한 그리움이 떠올라서 주체할 수가 없어.
딴에는 너를 떠올릴 만한 것은 다 없앴다고 생각하고 있었는데
미처 생각하지 못한 게 있었던 거야.
네가 일출을 보고 싶다고 해서 우리 같이 정동진에 갔던 날,
남는 건 사진뿐이라고 디카로 열심히 사진 찍었던 거 생각나?
그때 그 사진을 인화해달라고 신청해놨었는데
그게 너무 늦게 온 거야. 너와 난 이미 이별했고,
그래서 어떻게든 너를 떠올리지 않으려고
애써 즐거운 척하고 있던 나에게
이래도 잊을 수 있겠냐고 누군가가 시험이라도 하듯이....

불쑥 너와 내가 행복했던 그때의 사진이 배달되어 온 거지.

모든 게 다 엉클어져서 정리가 안 돼.

그동안 잘 추스르고 있었는데 이젠 어디서부터 어떻게

정리를 해야 할지 모르겠어.

나.. 어떡하면 좋을까? 내가 어떻게 했으면 좋겠니?

그래도 노력해야 하는 거지?

널 위해서, 아무리 네가 보고 싶어도 나.. 참아야 하는 거지?

 나는 마지막으로 네가 내게 남긴 추억의 사진을 잊지 못할 것이다.

뒤늦게 도착한 사진처럼, 늘 한발 늦었던 내 사랑을

후회하며 널 그리워할 것이다.

너를 기억하는 이름

초판 1쇄 | 2006년 12월 18일
지은이 | 박현주
펴낸이 | 김영재
펴낸곳 | 책만드는집

주소 | 서울 마포구 합정동 428 - 49 4층 (121-886)
전화 | 3142 - 1585 · 6
팩시밀리 | 336 - 8908
E-mail | chaekjip@chol.com
등록 | 1994. 1. 13. 제10 - 927호

ISBN 89 · 7944 · 256 · 4 (03810)